梅雨葵

小鳥神社奇譚

篠　綾子

幻冬舎時代小説文庫

梅雨葵

小鳥神社奇譚

梅雨葵

目次

一章　蝶と葵

一

梅雨(つゆ)の晴れ間となったその日の朝、上野の空はまぶしいほどに青かった。

夜明けからまださほど経(た)っておらず、通りには奉公人ふうの者たちがちらほら見えるくらいである。その人々に交じって、医者の立花泰山(たちばなたいざん)は小烏(こがらす)神社への道をひたすら急いでいた。

「何ごともなければいいが……。無事でいてくれよ、竜晴(りゅうせい)」

時折、ぶつぶつと呟(つぶや)いているため、通りすがりの人から不審げな目を向けられているのだが、本人は気づいていない。とにかく脇目もふらず、足早に進む泰山の前に、やがて小烏神社の見慣れた鳥居が現れた。この辺りは人影も見えず、しんと静まり返っている。

他人の家を訪問するには常識外れの頃合いだが、今日のところは勘弁してもらわねばなるまい。それに、竜晴ならば、その手のことで文句を言ったりしないだろう。決して他人に優しいわけではないが、理に適った事柄ならばたいていは受け容れてくれる。それ以前に、自分たちには、この二年近くの間に築き上げてきた絆もある。そんなことを思いながら、鳥居に近付いた泰山は、左側の柱の下に何かが落ちていることに気づいた。初めは見当もつかなかったが、その正体を察した時、

「うわっ」

と、泰山は思わず声を放ってしまった。

「これは、惨い……」

それは、蝶の死骸だった。が、ただの骸ではない。この蝶はここまで飛んできて、自然に息絶えたわけではなかった。何者かの仕業によって、翅をむしり取られた上、足で踏みつけにされたのだ。青と黒の混じった翅が惨たらしいありさまで飛び散っており、胴はつぶされて原形を留めていなかった。

まだ死すべきでない命が無残に奪われたことに、怒りと哀れみが込み上げてくる。が、すぐにこうしてはいられないと、泰山は思い直した。これはまさに、大切な友

の身が危うい証ではないのか。今朝、目覚めた瞬間から感じていた嫌な予感は、もしや当たってしまったのか。

「りゅ、竜晴ー」

泰山は声を張り上げ、神社の中へ飛び込んで行った。

鳥居を入って短い参道を進むと、やがて、古びた拝殿と本殿が現れ、さらに奥へ行くと、この神社の宮司である賀茂竜晴が一人住まいをしている家屋に至る。

この家屋に面した庭には薬草畑があり、その世話をしているのは泰山なのだが、そこから再び「竜晴ぃー」と声を張り上げると、やがて縁側の戸ががたがたと音を立てて開き、

「何だ、今朝はずいぶんと早いのだな」

と、竜晴が現れた。すでに身支度を済ませ、袴も着けている。不必要なまでに――と泰山は時折思うのだが――整った顔立ちは常と変わらず美しく、やや冷たく無愛想に見えるのもいつも通りだ。顔色が悪いわけでもないし、具合が悪そうにも見えないと、医者としての目で泰山は判断した。

「竜晴、お前、無事なんだな」

泰山は額の汗を拭いながら、慎重な口ぶりで尋ねた。

「無事とは、何のことだ？」

竜晴は表情も変えずに訊き返す。

「い、いや、その……」

いつもと変わらぬ竜晴を目の前にした瞬間、初めて泰山の胸にきまり悪さが芽生えてきた。目覚めた瞬間、とてつもなく悪い予感に胸をつかまれ、取るものも取りあえず駆けつけてしまったが、冷静に考えれば、その根拠は甚だ頼りないものである。お前の身に何かあったのではないかと心配になり、様子を見に来たんだと正直に言えば、道理に合わぬことをする奴だと、見下されるかもしれない。

「そ、それはともかく、そこの鳥居で大変なものを見たんだ」

泰山は話をすり替えた。

「大変なもの？」

鳥居で、という言葉に、竜晴の眉が動いた。

「蝶が……死んでいた」

途中、一度唾を呑み込んでから、泰山はおもむろに告げた。

「蝶が……？」

「ああ。翅をむしり取られ、胴はつぶされて無残な姿だった」

泰山が告げると、竜晴はすぐに履物を履き、庭へ下りてきた。

「見に行こう」

と言う竜晴の後に、泰山も続く。

蝶の死骸は先ほどと変わらぬ姿で、鳥居のところにあった。竜晴は無言のまま、その前に立ち、骸を見下ろしている。泰山はしばらく声をかけなかったが、変化の乏しい竜晴の顔色がいつもより蒼白く見えるのが気にかかった。

「惨いことをする人がいるものだ」

泰山は声をかけた。

「……うむ」

竜晴は蝶から目を離さず、小さく答える。

「お前、こうした……その、嫌がらせを受けるような心当たりはあるのか」

泰山はいくらか躊躇いがちの口調で、親身に尋ねた。

「嫌がらせ……？」

竜晴は不意に顔を上げ、泰山に目を向けた。

「いや、ただの悪戯かもしれないが、少し度が過ぎているようだし……」

竜晴はこれを嫌がらせとは感じていないのだろうか。必要以上に不安になるよりはいいか……と思いつつ、泰山が言うと、

「私は呪詛ではないかと思った」

と、いきなり竜晴が言い出した。

「何だって！　呪詛？」

泰山は飛び上がらんばかりに驚いた。そこまでのことは考えてもみなかった。

しかし、竜晴は賀茂氏の出である。先祖には、歴史物語などに登場する有名な陰陽師、安倍晴明の師匠もいるという。竜晴自身は陰陽師ではないが、霊のお祓いに関しては見事な力を発揮し、それで救われた人々が多くいることを、泰山も知っていた。

もし、そんな竜晴のことを目障りに思う輩がいたとするならば――。

（だったら、私が今朝抱いた嫌な予感は本物だったことになる）

やはり、ごまかしたりせず、竜晴に打ち明けようかと泰山が思った時、

「何であれ、この蝶はきちんと埋葬してやろう」

と、竜晴が言い出した。

「あ、ああ。それもそうだな」

泰山は語り出すきっかけを失い、口をつぐんだ。

竜晴は無言で蝶の骸を一つ一つ丁寧に拾い始めている。それが終わると、奥へ引き返し、泰山が薬草を育てている畑の脇に手拭いを広げ、その上に蝶の骸をのせた。

その後、静かに目を閉じると、人差し指と中指を立てて軽く握った右手を顔の前に持っていき、しばらく動かなかった。陰陽師が呪文でも唱えているふぜいに見えるが、竜晴の口が動いている様子はない。

ややあってから、静かに目を開けた竜晴は、庭の北東の端につかつかと足を運び、

「ここに埋めよう」

と、いきなり言った。どうやら、埋葬する場所を選定していたようだ。

泰山は手拭いごと、蝶の骸を持ち運び、それからいつも自分が使っている十能（じゅうのう）を持って来た。

「掘るのはここでいいか？」

と、竜晴の足もとに十能の先端を当てて問うと、

「もう少し左だ」

と、竜晴は指示した。

泰山の親切に対し、ありがたいともすまないとも言うわけではないが、そんなことには慣れているし、何とも思わない。

やがて、泰山が三寸ほどの穴を掘り終えると、竜晴はそこに蝶の骸をそっと置いた。それから二人で土をかけ、埋葬を終えてから手を合わせる。一通りの作業が静かに終わりを迎えると、

「ところで、お前がこんなにも朝早くから来た理由を、まだ聞いていなかった」

と、竜晴が泰山に目を向けて言った。

「それは……」

その時、泰山の腹の虫が鳴いた。蝶の亡骸を埋葬したばかりで、決して食欲があるとは思えないのに、腹の方は関わりないらしい。

「私も朝餉はまだだ」

と、竜晴は言った。

「お前がこんなことの後でも食べられるというなら、用意しよう」

まずは清めが必要だなと言い、井戸の方へ向かっていく。

「竜晴、お前は平気なのか。今からものを食べられそうか」

自分のために、気乗りしない食事に付き合わせるのは申し訳ないと思い、泰山が訊くと、竜晴は平気だと答えた。

「私は仕事柄、亡骸を見ても動じないが、お前も大したものだな。まあ、お前が動じているところは想像しにくいが……」

井戸水で手を洗いながら、泰山が言うと、

「動じる……か」

と、竜晴は考え込むような調子で呟いた。

「何だ？」

「いや、動じる、というのがどういうことか、私には分からないのかもしれん」

生真面目(きまじめ)な口ぶりで竜晴は言った。

「分からないとは、どういうことだ」

泰山は手拭いを取り出して手を拭きながら、首をかしげた。

「どうも、こうも、分からないとは言葉通りだ。しかるべき目に遭い、その手の気持ちを味わったことがないから理解できない」

竜晴は泰山が手にしている手拭いを、貸してくれというように、じっと見ながら言った。竜晴が先ほど手拭いを汚してしまったことを思い出し、泰山は慌ててそれを差し出す。

「味わったことがないって……」

平然と手を拭いている竜晴を見つめながら、泰山はあきれた声を上げる。しかし、案外、この男は本当に物に動じたことがないのかもしれないと思い返し、今さらながら愕然とした気持ちに泰山は駆られた。

二

その後、一人で竜晴の家の台所に立ちながら、どうもおかしくはないかと、泰山は首をかしげていた。

竜晴が朝餉を食べるよう勧めてくれたのはありがたいし、飯や汁がやや多めにあるのも理解できる。しかし、二人が埋葬を終えて、家の中へ入った時、竜晴の朝餉の膳はすでに万全の形で調えられ、後は食べるだけという状態になっていた。

それはいい。竜晴がちょうどこれから箸をつけようとしていたところへ、自分がやって来て、朝餉がお預けになったこともあり得るからだ。

（しかし、あの膳の汁物は熱々の湯気が立っていたような……）

確かに、夏場の今は熱も冷めにくいだろう。だが、泰山が竜晴を呼び出してから戻るまでの間に、かなり長い時がかかったはずなのだ。その間、汁がほとんど冷めないなどということがあるだろうか。

泰山は先に食べ始めてくれと竜晴に言い、台所へやって来たのだった。残っているものは好きによそっていいと言われていたので、作り置きされているものを見て回る。

御櫃には炊いて間もない白米が残っており、鍋にはワカメの味噌汁が湯気を上げていた。別の鍋には揚げ豆腐に餡をかけたものがあり、これに漬け物を添えれば、先ほど竜晴の膳に載っていたのと同じものがそろうはずだ。

（ここの食べ物も、まるで今、出来上がったばかりに見えるんだが……）

これらはすべて、竜晴が作ったはずである。竜晴は一人暮らしで、飯炊きの使用人などは置いていない。かつて病人や傷ついたカラスの世話をするため、小鳥神社に寝泊まりしたことのある泰山には分かる。そして、あの時はすべて自分が食事を作っていたのだ。

その間、竜晴が台所に立ち入ることはなく、食事を作るところを見ることもなかったが、どうして竜晴の作った料理は冷めることがないのだろう。

(もしや、そういう特殊な技でも会得しているのだろうか)

泰山は首をひねりながら、そんなことを考え、それ以上の疑惑を募らせることはなく、自分の膳を用意して台所を去って行った。

その時、台所の片隅から、泰山の背をじっと見つめていた少年が一人いたのだが、その姿を泰山は目にしていない。竜晴が食事をしている居間へ戻った泰山は「いただきます」と手を合わせ、朝餉を口に運び始めた。

「おお、この揚げ豆腐の味つけは絶品だな。まだ温かくて美味(うま)い」

一口食べて喜びの声を上げた泰山は、次いでどうしてこんなにも温かいのか、その理由を尋ねようとしたのだが、

「食べ終わったら、お前が訪ねて来た理由を話してくれ」

と、ちょうど箸を置いた竜晴から言われ、尋ねる機会を逃してしまった。その後は、先に食べ終えた竜晴を待たせては悪いとばかり、急いで食事を済ませ、

「実は、悪い夢を見てな」

と、泰山は切り出した。

「夢……？」

「ああ、お前の夢だ。今にして思えば、現に起こるはずもないような内容の夢なんだが……。目覚めた直後は胸がつぶれるような気がしてな。とにかく、居ても立ってもいられなくなり、ここまで来てしまった」

「どういう内容の夢なんだ？」

竜晴は冷静に尋ねた。

「笑わないで聞いてくれるか」

泰山はややおずおずと尋ね、竜晴がうなずくのを待って語り出した。

「実は、お前が大蛇に丸呑みにされそうになっている夢だ」

「大蛇に丸呑み……？」

意外そうな声ではあったが、約束した通り、竜晴は笑わなかった。

「そういう昔話を聞いたことはあるが、ここ数日のことでもない。だから、唐突にそんな夢を見たことが気にかかってな。お前に何かあったんじゃないかと――」

「……そうか」

「その、さっきの蝶は本当に呪詛だったのだろうか。だとしたら、私の夢もまんざらいい加減なものではないと思えるんだが……」

「まだ呪詛かどうかは分からない。死に方は無残だったが、呪詛らしい痕跡はなかったし、死骸に触れても感じ取れるものはなかった」

「お前がそう言うなら、そうなんだろうな」

泰山は納得したようにうなずきつつも、竜晴の身を案ずる気持ちは募るばかりであった。

「なあ、お前から頼まれていたカラスの具合がそこそこよくなったので、私も家から通うことにしたが、またここに寝泊まりしようか。呪詛からお前を守ることはできないが、何かの役には立つだろう」

泰山の持ち出した提案に、竜晴はしばらく考え込む様子で口を閉ざした。だが、

ややあって顔を上げると、

「取りあえず、今は大丈夫だろう」

と、落ち着いた声で答えた。

「明らかに呪詛されたと分かるとか、深刻な事態になったら、また改めて頼む。心配してもらってかたじけない」

竜晴の声はあまり抑揚がないので、実のところ、とても感謝されているふうには思えないのだが、瞬（まばた）きしない目でじっと見つめられると、少しばかりどぎまぎする。

「いや、そう言われるほどのことではないが……」

泰山は思わず目をそらして返事をした。

すると、竜晴は不意に立ち上がり、部屋の中に置かれている簞笥（たんす）から何かを取り出してきた。

「これを持っていくといい」

竜晴が差し出したのは、一枚の紙であった。

「これは、お札か」

泰山は受け取った紙に書かれた絵をしげしげと見つめながら尋ねた。見たことのない獣のようなものが描かれている。

「それは、貘のお札だ」

と、竜晴は言う。

「貘とは、あれか。夢を食べるとかいう」

「貘は、悪夢を食べるんだ」

と、竜晴は言い直した。

「ええと、牛と虎が合わさったような獣だったか」

「形は熊、鼻は象、目は犀、尾は牛、足は虎だそうだ。もっとも、これは一つの説であって、はっきりとしたことは分かっていないのだが」

「要するに、怪異や物の怪といった類なんだな」

「そうだ。とにかく貘に悪夢を食べてもらえれば、同じ悪夢は二度と見ないと言われている。もっとも、支那の国に伝わる話で、私も貘そのものを見たことはない」

そう断った後、竜晴は説明を続けた。

「しかし、貘を描いたお札を枕元に置くだけでも、効き目はある。悪い夢を見ることは避けられないが、それをこのお札が祓ってくれるから、目覚めた時に嫌な気分が残ったり、夢を覚えていたりすることはなくなるのだ」

「これを私に……？　いや、ありがたい」

泰山は素直に礼を述べた。

「だが、私も力になりたい。できることがあったら何でも言ってくれ」

泰山が熱心な口ぶりで言うと、

「今は、あのカラスの治療に当たってもらうより他の頼みごとはないな」

と、竜晴は言葉を返した。

それは、上野の山で鷹に襲われ、傷を負ったカラスのことである。何でも、寛永寺の住職、天海大僧正とも懇意にしている旗本が鷹に襲われそうになったのを、身を挺して守ったという立派なカラスで、その治療を天海と件の旗本から竜晴が申し付けられたということだった。

竜晴が宮司を務める神社の名は「小鳥神社」であり、竜晴がカラスを大事にしていることは泰山も知っている。その竜晴から頭を下げて頼むと言われ、本来ならば鳥獣の治療は専門ではなかったのだが、泰山は引き受けた。薬は人の傷を治療するのと同じものを用いつつ、様子を見ながら小さな改善を加えていくという手探りの治療であったが、幸い、カラスは順調に回復している。

「ああ、それは任せてくれ。もう少ししたら、飛び立てるようにもなるだろう」

泰山は自信を持ってそう請け合った。

それから、泰山はせっかく来たのだからと、向かいの部屋で寝ているカラスの傷の具合を確かめた。前日から容態の変化は特に見られず、問題はなさそうである。

今朝は慌てて駆けつけてきたため、道具も薬も持ってこなかったが、ここに置いてある薬で足りるので、泰山は処方を紙に書きつけ、竜晴に渡した。

「これから家に帰って、改めて患者の家を回るが、都合がつけば、今日のうちにまた様子を見にくる」

「まあ、お前に任せるが、無理はしなくていい」

と、竜晴は言った。

取りあえず、竜晴の無事な姿を見て安心し、カラスの容態も確かめた泰山は家へ帰ることにした。

ところが、竜晴と別れ、鳥居のところまで来た時、

「あれは――」

泰山は再び驚きの声を上げることになった。先ほど蝶を見つけたのと同じ柱の下に、今度は別のものが置かれている。

「りゅ、竜晴ー」

泰山はそれをつかみ取るや、急ぎ足で竜晴のもとへ引き返した。

「何があった？」

竜晴はすぐに縁側に姿を現した。

「それは……梅雨葵（つゆあおい）か」

息せききってすぐに声を出せなかった泰山より先に、竜晴が呟いた。その眼差し（まなざし）は泰山の手にする薄紅色の花に向けられている。

「……お前はこれを、梅雨葵と呼ぶのか」

泰山は改めて手にした花に目を向けて言った。鳥居の下に置かれていたのは、まっすぐな茎を持つ一本の草花であった。その太めの茎の下の方には薄紅色の花が三つほど咲いており、上の方はまだ蕾（つぼみ）である。

「そう言うお前は、何と呼ぶんだ」

「私は、立葵というな」

まっすぐな茎が空へ向かって伸びる姿から、そう呼ばれるのだろう。立葵が別名、梅雨葵とも呼ばれるのは、梅雨入りの頃から咲き始め、梅雨明けと共に花が終わるためであった。他にも、古い時代に海の向こうから伝わったため、蜀葵という呼び方もある。

「その花、うちの庭には咲いていないが、どうしたんだ？」

竜晴が訝しげな様子で問う。

「あそこに置かれていたんだ。蝶が死んでいたあの鳥居の下のところに――」

「……そうか。まるで手向けのようだな」

竜晴のいつになくしみじみとした物言いに、泰山もしんみりとうなずいた。

「そうだな。あの蝶の無残な姿を見た誰かが、お供えしたものなのかもな」

「それは、私が手向けておこう」

竜晴はそう言って、泰山から花を受け取った。そして、先ほど蝶を埋葬した場所に花を置き、二人で再び手を合わせた。

「そういえば、この花は日に干せば生薬にもなるんだ」

ふと思い出したように、泰山は言った。主として利尿の効果を高めるために使うことが多いが、炎症を抑えることもできる。

「まあ、他の薬草で代用できるから、この花は眺めるために育てられることが多いんだがな」

花は紅色から紫、黒、白とさまざまあって、梅雨の季節の庭先に彩りを添えてくれる。

「この神社の庭で、立葵を育てるのも悪くないんじゃないか」

と、泰山は竜晴に勧めてみた。

「この花ならば、ただ眺めているだけでも美しいし、お前の心に潤いをもたらしてくれそうだ」

「私は別に潤いなど求めていない」

竜晴はそっけなく言い返したが、薄紅色の花にじっと目を向けているところを見ると、嫌いではなさそうだ。

「このまま萎(しお)れさせてしまうのはもったいない。誰の志か分からないが、活(い)けて部屋に飾ったらどうだ」

さらに、そう勧めてみると、この時は素直に「そうだな」と言って、竜晴は花をそっと手に取った。

三

それから、今度こそ本当に泰山が帰って行き、竜晴が梅雨葵の花を手に家の中へ戻ると、ほどなくして、

「竜晴さま」

と、部屋の外から声がかかった。

「ああ、入っていいよ。泰山はもう帰ったからね」

竜晴が返事をすると、待ち兼ねた様子で戸が開けられ、水干姿の少年が入って来た。少女のようにも見えるきれいな顔立ちをしている。

「ああ、抜丸。突然のことで思うように動けず、お前も気を遣っただろう」

と、竜晴は言った。

「いえ。あの方が台所にいらした時だけ、注意していれば大丈夫でしたから」

抜丸が心得た様子で答える。

この抜丸は人の姿をしているが、人ではない。この小烏神社に安置してある刀「抜丸」の付喪神(つくもがみ)である。

そして、竜晴の目の前に積み重ねられた座布団に横たえられているカラス——こちらもただのカラスではなく、天下に知られた名高い太刀(たち)「小烏丸」の付喪神であった。

「ちょうどいい。泰山が見つけた蝶の件を今、小烏丸に話していたところだ。お前は事情を分かっているか」

竜晴が抜丸に目を向けて問うと、

「はい。竜晴さまとあの方が蝶を埋葬したのも知っております」

と、抜丸は言う。物陰から竜晴たちの様子をうかがっていたようだ。

「それにしましても、この神社に対する不届きな仕打ち、とうてい見過ごしにはできません」

抜丸は急に憤然とした口調になって続けた。すると、横たわったままの小烏丸も口を開く。

「我は蝶を見てはいないが、話に聞くだけで恐ろしい。無論、このままにしておいては駄目だ」

付喪神たちの言葉を受け、竜晴もうなずいた。

「私も放置するつもりはない。まずは、蝶の骸を置いていった者を探し当てること。次いで、梅雨葵が置かれた意図を探ることだな」

「どう対策すればよいでしょうか」

抜丸が竜晴に真剣な目を向けて尋ねた。

「ひとまず、今できるのは神社周辺の見回りくらいだろう。蝶を殺した者が再びやって来ることもあり得る」

「我が元気なら、空から見張ってやれたんだがな」

小烏丸がさも残念そうに言った。が、その目がちらと抜丸の方に注がれるや、抜丸は急に奮い立った。

「大丈夫です、竜晴さま。私が神社の隅から隅までしっかりと見回りをしますから。役立たずのカラスごときの力を借りずとも――」

「役立たずとはようも言ってくれる。この見張りに関しては、地面を這い回るだけのお前より、我の方が役に立つのは明らかだ」

　小烏丸が抜丸に言い返した。「地面を這い回るだけのお前」と言ったのは、今は人の姿をしている抜丸の本来の姿が白蛇だからである。

　抜丸は小烏丸を睨(にら)みつけ、小烏丸もその目に鋭い光を浮かべた。

「まあ、そのくらいにしておくんだな」

　竜晴は間に割って入った。以前、いがみ合ってばかりいる付喪神たちに、強い言葉で忠告したことがあり、その後は二柱(ふたはしら)ともそれなりにおとなしくしていたのだが、少し油断すると、また元に戻ってしまう。

「どちらにしても、小烏丸は怪我(けが)が完全に治るまで空は飛べまい。見張りは可能な範囲で抜丸に頼もう」

　竜晴が言うと、抜丸は「かしこまりました」と頭を下げた。それから、竜晴は袖口から一枚の紙を取り出し、

「泰山の書いた処方箋だ。煎(せん)じて小烏丸に飲ませてやってくれ」

　と、抜丸に言いつけ、後は任せたとばかり部屋を出て行こうとした。が、その前にふと思い出した様子で、足を止めると、

「そこの梅雨葵だが、せっかく咲いた花だ。お前の手で活けておいてくれ」

と、抜丸に告げた。「かしこまりました」という抜丸の返事が終わらぬうちに、

「なあ、竜晴」

と、小烏丸が甘えたような声を出した。

「その花、飾るのならこの部屋にしてくれよう」

「いいだろう。小烏丸が望むのなら、そうしてやりなさい」

と竜晴が言い、「……かしこまりました」と、今度は少し不機嫌な声で抜丸が返事をする。

竜晴が部屋を出て行くと、二柱の付喪神たちは互いに睨み合った。それから、抜丸はぷいと顔を背けると、竜晴から渡された処方箋を手に部屋を出て行こうとした。

「どこへ行く。早くこの花を飾らないか」

小烏丸は抜丸を咎(とが)めるような声で言った。

「どこへ行くか、だと?」

抜丸は小烏丸に負けないほど、不機嫌極まりない声を出した。

「お前の薬の用意と、そこの花を活ける瓶(かめ)を用意しに行くんだが、何か文句で

も？」

「……い、いや、文句はない」

　さすがの凄みに気圧されて、小烏丸もおとなしくなる。

　抜丸は静かに部屋を出て行き、やがて、盆を手に戻って来た。その上には、煎じ薬の入った器と花を飾る瓶が載っている。

「早く飲ませろ」

　小烏丸は遠慮も感謝も持たぬ様子で言った。抜丸は白い顔を一瞬、怒りで赤く染めたが、ここで「知ったことか」と言い返すことはできない。小烏丸は自分の力だけでは薬が飲めないし、それを放置すれば、すべては抜丸の責任になるのだ。付喪神たちが竜晴の言いつけに逆らうことはできなかった。

　抜丸は煎じ薬と一緒に用意してきた葦の茎を取り、それを横向きに寝ている小烏丸の口にくわえさせた。茎は中が空洞になっており、それで、煎じ薬を吸い上げるのである。

　小烏丸は薬を飲み始めたが、途中で葦の茎から口を離して一息吐いた。

「これは苦いな。我は甘い方が好みなんだが……。前に飲んだのは甘かったが、近頃はどうしてないんだ?」

「お前が言うのは、甘茶蔓の葉を煎じたやつだろう。あれはお前がまだ弱っていた頃、処方されたものだ。今、飲んでいるのは錨草を煎じたものだ。治り具合に応じた薬なんだろうから、お前がいちいち文句を言うな」

「いいじゃないか。あの医者先生に言ってやりたくても、それができず、我は我慢しているのだ。そのくらい大目に見てくれる心の広さがあったっていい」

「わがままで、付け上がった患者ほど厄介なものはないな」

抜丸は小烏丸の甘えた発言を冷たく斥けた。

小烏丸は不服そうに喉を鳴らしたものの、その後はおとなしく残りの煎じ薬を飲み干した。それが終わると、抜丸は用意してきた瓶に梅雨葵の花を活け、床の間に飾り付ける。

「そこでは、花が見えない」

床の間に背を向けた格好で寝ていた小烏丸は文句を言った。

「どうしろと言うんだ」

「我を布団ごと、花が見える位置に動かしてくれ」

小烏丸の要求に、しぶしぶながら抜丸は従った。

「これでいいか」

「もうちょい花の近くだ」

ここぞとばかり、小烏丸は抜丸を顎で使う。今に見ていろ、と小声で呟きながらも、抜丸は言われた通りにした。

「それにしても、梅雨葵の花は立派だな」

抜丸を言いなりに動かして、小烏丸はすっかりご満悦である。その様子を憎らしげに見ていた抜丸だが、小烏丸の言葉には反論せず、改めて自分も花に目を向けた。

「この花は、干したものを薬としても用いるのだそうだ」

泰山がそう言っていたと、抜丸は小烏丸に話した。

「平家御一門のお屋敷でも足利将軍家のお屋敷でも、私はこの花を見かけたが……」

と、抜丸はかつて自分の所有者だった人々のことを引き合いにしながら言う。

「あの方々は、花を摘み取って生薬にするなどということは考えてもいなかった。花は庭で咲き、枯れるのをそのままにしておられたがな」

「なるほど。金のあるところでは、愛でるための花として扱われ、金儲けしようという者にとっては薬として使われるというわけか」

　小烏丸が納得した口ぶりで言った後、

「我は、平家御一門のお屋敷の様子を思い出せないがな……」

　と、少し寂しそうな声で続けた。

　抜丸の本体である刀は小烏神社の拝殿に置かれているが、小烏丸の本体はここにはない。太刀の「小烏丸」は壇ノ浦の合戦で海の底に沈んだとされ、その後は行方知れずとなっているのだ。そして、付喪神の小烏丸は壇ノ浦の合戦以前の記憶がなくなっていた。もちろん、自らの本体である太刀の在り処も分からぬままである。

「ところで、あの医者先生は今日はまた、なぜこんなに早くにやって来たんだ？」

　小烏丸は湿っぽさを吹き払うように、わざと声の調子を変えて尋ねた。抜丸も小烏丸と仲が悪いとはいえ、記憶を失くした心の傷を突くような意地悪はせず、

「何でも、竜晴さまが大蛇に呑まれそうになった夢を見て、竜晴さまの身に何かあったのでは、と気に病んでのことらしい」

と、真面目に答えた。

「大蛇だって？」

小烏丸は頓狂な声を上げた後、疑わしげな眼差しを抜丸に注いだ。

「お前、竜晴に何かするのではあるまいな」

「何を言うか。私は縁起がよいとされる白蛇であって、大蛇ではない」

抜丸は本気で怒って言い返した。

「しかし、蛇は蛇だろう」

「力もない人間ごときの見た夢を、まともに受け止める必要などない」

抜丸は泰山を貶めるような言い方をした。

「確かに、あの医者先生には何の力もないが、竜晴のことをそれほどまでに案じて、朝も早くから駆けつけてくるとは殊勝なことではないか」

一方の小烏丸は、泰山を称えるような物言いをする。

「しかし……」

と、呟いた時、抜丸の声に怒りの色はなく、むしろ心配そうな調子が強く滲んでいた。

「何だ、医者先生の夢のことを心配しているのか。あの先生には大した力もないと、今、お前が言っていたばかりではないか。第一、竜晴の身には今のところ何もない。蝶のことは気がかりだが、竜晴自身と我らが気を張っていれば、隙を衝かれるようなことはあるまい」

「そうじゃないんだ。あの医者先生のことだ」

「何だか、竜晴さまに近付きすぎるというか。もしや、あの先生、竜晴さまのことが好きなんじゃ……」

「そりゃあ、好きに決まっている。でなきゃ、夢見が悪いからといって駆けつけて来たりするまい」

「だから、好きの度合いが著しいというか。度を越えているというか。私が言いたいのはそういう……」

「人間が竜晴に近付いたことに、いちいち妬いていたって仕方ないだろう。竜晴だっていずれは人間の女を嫁に迎えて子を作る。それが人間の理だ」

「そのことは、私だって覚悟している。代々の賀茂家のご当主がしてきたことだしな。いずれは、玉依媛のようなお方を奥方に迎えて――」

玉依媛とは京の下賀茂神社に祀られている姫神で、賀茂氏とは縁が深い。

「ふむふむ。玉依媛は玉のようにお美しいと言われる媛だ。何より、八咫烏の娘というところがいい」

「そこはどうでもいいところだが……」

ぶすっとした声で、抜丸は呟いた後、

「とにかく、竜晴さまの奥方になる玉依媛のごとき女人は、私がこの世の果てまで這って行っても見つけてみせる。しかし、あの医者先生が竜晴さまに近付くのは、それとはわけが違うだろう」

と、訴えかけるような調子で言った。

「そりゃあ、あの先生は竜晴の嫁にはなれん。けど、竜晴が人間と親しくなるという意味では同じなんじゃないのか？　ま、お前も竜晴が娶る時に備えて、少しずつ人間が竜晴に近付くことに慣れていくんだな」

他人事のように小烏丸は言い、抜丸は身もだえせんばかりの様子で、苦しそうに口をつぐむ。

「ところで、竜晴が女に関心を持っている気配を感じたことはあるか？」

ふと思い出したように、小烏丸は抜丸に訊いた。

「いや、思い当たる節はないが……」

付喪神たちは顔を見合わせ、どことなく不安げな眼差しを交わし合った。

「竜匡(たつおみ)が死んで以来、竜晴に人間との付き合い方を教えてきたのは我々だ」

と、小烏丸は重々しい声で言った。竜匡とは竜晴の父親で、竜晴が七つの時に亡くなっている。その時まで、余所(よそ)の人間とまともに接したことのなかった竜晴に、あらゆることを教えてきたのが小烏丸と抜丸なのであった。

「我らの訓育の努力により、竜晴はふつうの者と変わらぬ人付き合いができるまでになった。今のところ、あの医者先生にしろ、他の人間にしろ、竜晴のことをおかしいと思っている者はいないはずだ」

「確かに、そこはお前の言う通りだ」

「ならば、大丈夫だよな」

小烏丸は急に抜丸の顔色をうかがうような目の色になって言い出した。

「何のことだ？」

「竜晴もふつうの人間のように、嫁を迎えて跡継ぎを儲けてくれるよな、ということだ」

「……大丈夫……なのではないか」

抜丸の言い方が急にあいまいなものとなる。しかし、不安を振り払おうとでもするかのように、抜丸は強気に言い添えた。

「あの氏子の娘……ええと、花枝（はなえ）とかいったか、あの娘とも竜晴さまはごくふつうにやり取りをしておられる」

「まあ、あの娘では、玉依媛にはほど遠いが……」

小烏丸が何げなく言うと、抜丸は「当たり前だ」と強い口調で言い返した。

「手近なところで間に合わせてよい問題ではない。玉依媛のごとく、美しく賢い女人は私が見つけてみせる」

「まあ、それは我に任せておけ。我がこの国の端から端まで飛び回って……」

「お前ごときに任せておけるか」

と、二柱の付喪神たちは竜晴がいないのをいいことに、いつものような言い合いを始めた。

死んだ蝶が鳥居で発見されたその日、抜丸は暇があれば、神社の敷地内と鳥居の近くを入念に見回ったが、不審な出来事も起こらなければ、怪しい人物を見かけることもなかった。

四

そして、その翌日のこと。

小烏丸の付き添いも兼ねて、同じ部屋で休んでいた抜丸は、夜明けと共に起き上がった。この時の抜丸は少年の姿ではなく、白蛇の姿をしている。人の姿でいるには竜晴の呪力を必要とする上、抜丸が勝手に人の姿になることはできないのだ。

まず、抜丸は小烏丸に異変のないことを確かめてから、静かに部屋を這い出て行った。白蛇だからといって見回りに不都合はない。家の外へ出た後もするすると地面を進みながら、異変がないかどうかを確かめていく。

それを発見したのは、鳥居まで達した時であった。外から見て左側の柱の下に、蝶の骸が打ち捨てられている。翅がむしり取られた上、胴がつぶされているのは、話に聞いた通りであった。

抜丸は頭のてっぺんから尻尾の先まで、ぶるっと体を震わせると、ただちに来た道を引き返した。竜晴の寝ている部屋の前まで行くと、体を器用にくねらせ、頭のてっぺんで戸を叩く。

それを三度くり返すと、戸が開いて竜晴が現れた。

「何かあったか」

寝巻の上に小袖を軽く羽織った竜晴は、完全に目覚めていると見える。

「昨日と同じです。また、蝶が殺されていました」

抜丸が知らせると、竜晴はさほど驚いた様子も見せず、

「骸をいじってはいないな」

と、すばやく確かめた。抜丸が「はい」と返事をすると、竜晴はその足で外へ出て行き、鳥居へと向かった。抜丸も遅れることなく、その後に続く。

「これは……惨い」

死んでいたのは、昨日と違って黄色い蝶であった。

「他に異変は……？　人の姿などは見かけていないのだろうな」

竜晴は背を向けたまま、抜丸に尋ねた。

「……はい。人は見ておりませんし、他に変わったところも特には」

「梅雨葵も見当たらないな」

「はい。今のところ見当たりません」

抜丸が答えると、竜晴は「なら、いい」と呟き、蝶の遺骸を一つ一つ丁寧に集め始めた。抜丸はそれが終わるのを黙って待ち、竜晴が集めた骸を手に踵（きびす）を返すと、その後に従った。

竜晴は昨日蝶を埋めた傍らの土を十能で掘り、そこに新たな蝶の骸を埋めた。

「竜晴さま……」

抜丸が気がかりそうな声で竜晴を呼んだ。その時になって、初めて竜晴は振り返った。

「このままにはしておけません。今夜は、私が鳥居の近くで寝ずの番をいたします」

抜丸は深刻な口ぶりで告げた。

「そうか。そうしてくれればありがたい」

竜晴はそう返事をした後、少し考え込むような表情になり、

「念のため、寛永寺のお方にもお伝えしておいた方がよいものか……」

と、独り言のように呟いた。

「寛永寺へお出かけになるのでしたら、お供をお申しつけください」

抜丸がすぐさま言うと、竜晴は「そうだな」とうなずいた。

「どうも、今日あたり、あちらから呼び出されそうな気もする」

と言うなり、竜晴は明け方の空を見上げた。その眼差しは上野山の方面へ向けられている。抜丸もつられて鎌首をもたげ、そちらへ目を向けた。

すると、その視界に、上野山の上空を飛ぶカラスの姿が入り込んできた。何やら不愉快な気持ちになった抜丸は、罪のないそのカラスから勢いよく目をそらした。


その後、竜晴から蝶の一件を聞かされた小烏丸が「断じて見過ごすわけにはいかぬぞ」と息巻いていると、そこへ人型になった抜丸が竜晴の朝餉の膳を運んできた。

この神社でものを食べるのは竜晴一人で、付喪神たちが食事をすることはない。

この日の朝餉は、浅蜊(あさり)の澄まし汁に胡麻(ごま)をまぶした握り飯、それに梅干しが添え

られていた。

竜晴がそれらを食べている間、抜丸は傍らに座り込み、白湯(さゆ)を注(つ)ぐなどの介添え役に徹している。

「ご馳走(ちそう)さま。いつもご苦労さまだね」

食事を終えた竜晴が両手を合わせて言うと、

「いえ。私が竜晴さまのためにお尽くしするのは、当たり前のことでございます」

抜丸は隠し切れない嬉(うれ)しさを声に滲ませて答え、上機嫌な様子で台所へ立った。

「ところで、小烏丸」

抜丸が後片付けをしている間、竜晴は横たわったままのカラスに話しかける。

「私はこれより寛永寺へ抜丸を連れて出かけることになるだろうが、お前は一人で大丈夫だな。泰山が来たらいつものように診(み)てもらえばいい」

「それはかまわないが、例の恐ろしい大僧正と会う約束でもあったのか」

小烏丸は寛永寺の住職、天海についてそう言った。前に一度つかまえられて、不動の金縛りの術にかけられたため、その恐怖心が抜けていないのである。

「約束はないが、間もなくあちらから迎えが来るはずだ」

竜晴は当たり前のように言い、小烏丸も「そうか」と自然に受け容れた。続けて、

「しかし、あの大僧正のことはあまり信頼しすぎない方がいいぞ。お前の敵じゃないが、味方でもない」

と、いつになく慎重な口ぶりで言う。竜晴は軽く笑った。

「そう言うな。かの大僧正もお前の怪我を心配して、わざわざ値の張る人参などを譲ってくれたのだからな」

「ふむふむ。それはなかなか殊勝なことではあるが……」

小烏丸は偉そうな口を利いた。

「それに、お前をこんな目に遭わせた者のことも、大僧正の周辺に網を張っていれば分かるかもしれぬ。これからも、付かず離れず付き合っていくのがよいだろう」

「まあ、竜晴がそう言うのなら……」

小烏丸がしぶしぶながら承諾すると、「ところで」と竜晴は切り出した。

「お前が助けた侍のことで、何か思い出したことはないのか」

竜晴から真剣な眼差しを向けられた小烏丸は、たちまち困惑した目の色を浮かべた。

「……ああ。この怪我の時のことは覚えていないのだ」

「あの侍は、旗本の伊勢貞衡殿とおっしゃる。遠い昔、太刀であるお前を所有していた平家一門の血を引いている。とすれば、お前が伊勢殿のことを気にかけるのも、その危機を知って守ろうとするのも、分からぬ話ではないのだが……」

「そう聞けば、さもあろうとは思うが、我は平家御一門のことを何一つ覚えていない。知っているのは記憶を失った後に聞いた話ばかりだ。何より、我は壇ノ浦の合戦とやらで、海に落ちた衝撃によりすべてを忘れてしまったらしいからな」

「ならば、お前は今も、失くした記憶を取り戻してはおらず、伊勢殿に関しても、思い当たることは何もないというわけだな」

「ああ、我も口惜しいが、その通りだ」

無念そうに、小烏丸は言った。

小烏丸が負傷したのは、寛永寺のある上野山で伊勢貞衡という侍を、鷹から守ったためである。なぜ鷹が伊勢貞衡を襲おうとしたのか、そしてその鷹を操る鷹匠がいたのかどうか、それは分かっていなかった。

ただし、小烏丸によって危機を救われた貞衡は非常に恩を感じ、小烏丸の容態はどうなのかと、天海大僧正を通じてよく尋ねてくる。

「そういうことなら、大僧正に改めて伊勢殿のことを尋ねてみよう」

と、竜晴が言葉を返したところへ、

「宮司殿、朝も早くから相済まぬが、寛永寺より参った田辺にござる」

と、玄関口で張り上げる声が聞こえてきた。

「竜晴さま」

わずかに遅れて、抜丸が部屋に入ってきた。

「お迎えが来たな。抜丸はいつものように供をしてくれ」

竜晴はすぐに立ち上がり、抜丸はその後に従う。

玄関の戸を開けると、目の前に大柄の侍がいた。天海大僧正に仕える田辺という侍で、小烏神社への使者はこの男の役目と決められているらしく、すでに竜晴も顔なじみである。

「大僧正からのお呼び立てですか」

竜晴の方から尋ねると、田辺はきまり悪そうな表情でうなずいた。天海からの呼び出しはいつも唐突なのである。

竜晴が理由も訊かずに承諾したので、田辺は少し驚いたようであった。

「ご用事などはおありでなかったのか」

「まあ、これから医者が来ることになっていますが、うちの神社の住人のようなものですから、留守にしておいても勝手に入って、カラスの治療をしてくれるでしょう。カラスの方はまあ、放っておいても大丈夫ですから」

「そう言ってくださると助かるが、宮司殿もいつまでもお一人で住まわれず、神職の見習いなりお弟子なり、身の回りの世話をする者を置けばよいかと存ずるが」

「まあ、一人でいることが長かったですから、それもいろいろと面倒で」

まさか付喪神が世話をしてくれるから、人は必要ないと言うわけにはいかない。

竜晴は適当なことを言ってごまかし、田辺と抜丸と共に寛永寺へ向かった。

寛永寺の境内に入るところまで田辺が、庫裏(くり)に到着してからは取り次ぎ役の小僧が案内してくれるのも、いつもの通りである。

「これは、小烏神社の宮司さま。ようこそお越しくださいました」

小僧の方もすでに顔なじみで、竜晴に愛想のよい笑顔を向けた。それから小僧に連れられ、天海の待つ座敷へと案内される。

「おお、賀茂殿。よう参られた」

天海は待ち兼ねた様子で竜晴を迎えた。竜晴が天海の前に座り、抜丸がその後ろにこれも当たり前の顔で座ったところで、

「実は、妙なことが起きましてな」

と、天海は言い出した。朝も早くからの呼び出しに、何かあったろうとは竜晴も予測している。まずは黙って天海の話を聞くことにした。

「昨夕、不忍池（しのばずのいけ）のほとりに、おびただしい数の蝶が現れたと聞き申した。拙僧は見ておらぬが、見た者の話によれば、まるで夢か幻でも見ているように思えたそうな。彼岸の光景のように思った者もいたと聞く」

「おびただしい数の蝶……ですか」

竜晴は考え込むような目をして呟いた。

「知っての通り、不忍池のほとりに、蝶が群がるほどの花が咲いているわけではない。何ゆえ蝶が集まってきたのか、理由はさっぱり分からぬ」

「そのことで、何かよからぬことでも起こったのでしょうか」

「いや、今のところはござらぬ」

今という言葉に力をこめて、天海は答えた。今はなくとも、この先、何かが起こると考えているのだろう。

「夜になって、蝶もいずこかへ散ってしまったようだ。しかし、蝶は死者の魂であるとか、ある特定の条件で蝶を見ると死ぬという伝承なども聞く。それゆえ、どうも胸騒ぎがしてならず、賀茂殿にもお伝えせんと思うた次第」

この話をどう思うか――という眼差しで、天海は竜晴の顔をじっと見据えた。

「おっしゃる通り、蝶は不吉な話と結びつくことがあり、また、不自然な現れ方をすることもあるようです。そうはいっても、大僧正さまのご心配の種は、その蝶がこの上野の不忍池のほとりに現れた、ということによるものでしょう」

「無論、他の場所であれば、こうも不安に駆られることはありますまい。何といっても、ここは江戸の鬼門。そして、不忍池のほとりには、つい先だっても生首が埋められるという事件があったばかり……」

その生首の正体はすでに分かっており、呪詛でないことははっきりしたのだが、その土地が死の穢れに触れたことは確かであり、竜晴自身の手でお祓いをしたのであった。

「蝶が現れたのは、首が埋められていた場所だったのでしょうか」

竜晴は念のため尋ねた。

「拙僧も気になったゆえ、そのことは確かめた。人によって言うことがばらばらではあったが、特にその場所に集中していたわけではないそうな。池の上にもけっこうな数の蝶が飛んでいたらしいからの」

「そうですか」

竜晴はそれなり少し沈黙した。

折しも、蝶である。当然、小鳥神社で骸となっていた蝶のことが頭にあったが、それを天海に話すべきかどうか、竜晴は迷っていた。

しかし、こちらの手札をすべて相手に見せなければならぬというわけでもない。互いに秘密を作らないという約束を交わしたわけでもない。天海と竜晴の関係は、対等の立場で助け合うというものであった。

竜晴は蝶の骸のことについては今のところ伝えないこととし、

「ところで、大僧正さまの施しておられる江戸の結界について、何か異常を感じることはございませんでしょうか」

と、話を変えた。

「うむ。これという変化はないようじゃ」

「それでしたら、現状はこのまま警戒しつつ、様子を御覧になるということでよろしいのではないでしょうか」

「確かに、そうなのじゃが……」

天海の表情はさらに深い憂いに沈み込んだように見えた。

「何か、他にお気にかかることでも？」

竜晴が尋ねると、天海はおもむろにうなずいた。

「実は、今年の秋、上さまが鷹狩りを行われる話が出ておる。まだ先の話ではあるが、その時まではどんな些細（ささい）なことでも見過ごすわけにいかぬ」

「鷹狩り……ですか」

竜晴の声も緊迫したものとなる。

鷹といえば、小烏丸に怪我を負わせた鷹がいまだに野放しの状態である。その鷹を操る鷹匠がいるとすれば、どこかの屋敷で雇われている者かもしれず、その鷹匠と鷹が将軍の鷹狩りに随行することとてあり得るのだ。

「その後、伊勢殿におかれては、お変わりはございませんか」

竜晴の問いかけは少し唐突であったが、天海は少しも驚かず、

「うむ。伊勢殿に変わりはない。相変わらず小烏丸のことを気にかけてはおられるが……」

と、答えた。続けて、秋の鷹狩りには貞衡も随行するはずだという。

「伊勢殿を襲った鷹のこともありますし、なおさらの用心が必要でしょう。伊勢殿にもそれとなくお伝えし、何かあればまたお知らせください」

竜晴の言葉に、「無論そういたそう」と天海はすぐに応じた。その後、小烏丸の容態などを尋ねられたので、竜晴がそれに答え、それから抜丸と二人、寛永寺を辞した。

気持ちよく晴れていた昨日と違い、今朝は空がどんよりと曇っている。

「今日は雨が来そうだな」

竜晴が言うと、抜丸も心配そうに空を見上げ、

「帰るまで持てばよいのですが」

と、言う。生憎傘を持ってこなかったので、二人は足早に神社への道を急いだ。

やがて、神社の鳥居が見えて来た時、空からぽつりと水滴が落ちてきて、竜晴の頬に当たった。

「かろうじて、というところか」

小走りで鳥居をくぐり抜けようとした竜晴は、鳥居の脇で足を止めた。

「竜晴さま……」

抜丸が小さく呟く。

鳥居の柱の下には、昨日と同じく薄紅色の花が置かれていた。まっすぐな茎を持つ梅雨葵の花であった。

竜晴は屈んで梅雨葵の花を取り上げた。その時、雨がさあっという音を立てて、勢いよく降り注いできた。

二章　物言う花

一

竜晴が寛永寺から小烏神社へ戻った時、泰山はすでに来ており、小烏丸の治療に当たっていた。

「留守だったので、勝手に上がらせてもらったぞ」

と、慣れた様子で言う。

「ああ。それはかまわない。こちらこそ急な用ですまなかった」

竜晴が手拭いで雨を拭っているのを見た泰山は、

「もう降り出したのか。昼までは持つかと思っていたが」

と、残念そうに呟く。それから、竜晴のもう一方の手に目を留めると、

「それは、昨日の花……いや、違うよな」

と呟きながら、振り返って床の間に目を移した。そこには、小烏丸の要望により、抜丸が活けた梅雨葵の花が飾られている。

「ならば、それは……」

再び、竜晴の手の中の梅雨葵に目を戻した泰山に、「これは今日、置かれていたんだ」と、竜晴は答えた。

「昨日、私が見つけたのと同じ場所か」

「ああ。さっき、お前が来た時には置かれていなかったのか」

竜晴が問い返すと、「なかった」と泰山は答えた。

「ならば、お前がやって来て、私が着くまでの間に置かれたというわけか」

訊いてみれば、泰山が来てから四半刻(とき)（約三十分）も経っていないという。

「ところで、蝶の方はどうだったのだ？」

泰山は少し緊張した声で問うた。

「今朝も、同じ場所に蝶の死骸があった」

「では、蝶の死骸が置かれた後、花が置かれるという、昨日とまったく同じ状況だったわけか」

泰山は難しい顔になって考え込んだ後、

「やはり、お前の身が気にかかる。今夜からここに泊まらせてもらえないか」

と、心から竜晴を案じる様子で言い出した。竜晴は少しその案を検討するふうに無言だったが、

「いや、今はまだいい」

と、ややあってから言った。

「これがまだ続くようなら改めて考えるが、少し私の方で試してみたいこともあるのだ」

「そうか。何かあったらすぐに知らせてくれ。心配かけまいと黙っているようなことは、してくれるなよ」

「お前がそう望むのなら、すべて話すことにしよう」

真剣な表情で念を押す泰山に、竜晴は淡々と返事をする。やがて、小烏丸の診療を終えた泰山は、竜晴の傘を借りて帰って行った。

その後も雨がやまない中、抜丸は神社の見回りを怠らなかったが、特に何も起こらなかった。日が沈み、竜晴の夕餉も終わって、夜の四つ（午後十時頃）にもなっ

た頃、

「では、私はこれから鳥居の見張りにつきます」

と、抜丸は言い出した。

「よろしく頼む」

竜晴はそう言い、人の姿をした付喪神に向かって、「解(かい)」と唱えた。すると、たちまち少年が消え失せ、床の上に一匹の白蛇が現れる。

「後はお任せください」

白蛇の抜丸はそう言って、するすると床を這って行った。

抜丸は夜目が利く上、たとえ下手人(げしゅにん)に見られたところで、警戒されることもない。これで、蝶の骸を置いていった下手人が現れれば、その正体をつかむことができるはずであった。

ところが、その翌朝のこと。

雨も上がって爽(さわ)やかな空の下、竜晴が鳥居まで出向いてみると、その近くの草むらから白蛇が進み出てきた。先に鳥居の様子をちらと確認したが、蝶の骸はおろか、他の異変も見当たらない。

それから、竜晴は掌の上に抜丸をのせると「どうだったか」と尋ねた。

「昨晩から今朝にかけて、何も起こりませんでした……」

と、抜丸は無念そうな口ぶりで竜晴に報告した。

「人の姿は見かけなかったか」

「夜が明けてからは、前の道を通って行く者を少し見ましたが……」

散歩をしている老人や、仕事先へ向かう奉公人や浪人ふうの男などで、怪しい者はいなかったという。もちろん、梅雨葵の花を持っている者もいなかった。

「そうか。なら、見張りはここまででいい」

雨の中ご苦労だったね――と、竜晴は抜丸をねぎらった。それから、抜丸を再び地面の上に下ろすと、辺りに人のいないのを確かめた上、静かに呪を唱え始める。

彼、汝となり、汝、彼となる。彼我の形に区別無く、彼我の知恵に差無し
オンバザラ、アラタンノウ、オンタラクソワカ

すると、抜丸の体が白い霧のようなものに包まれ、何も見えなくなった。やがて、

霧が晴れていくと、そこには少年の格好をした抜丸が現れる。

「では、いつものように朝餉の支度を頼む」

「かしこまりました」

抜丸は疲れた様子も見せず、すぐに答えた。

「もうしばらくの間、私がここで見張っていよう」

竜晴はその場に残って、周囲を見回した。白蛇の抜丸と違って、竜晴の姿に気づけば相手は警戒するだろう。

「念のため、隠形（おんぎょう）の術をかけておくか」

竜晴はそう呟くと、再び人のいないことを入念に確かめた上、先ほどと同じように呪を唱えた。

常に日、前を行き、日、彼を見ず
人のよく見る無く、人のよく知る無く、人のよくとらえる無し
オン、アニチヤ、マリシエイソワカ

今度は、抜丸の時のような白い霧が現れるわけでもなければ、竜晴自身に変化が起こるわけでもなかった。

しかし、これで竜晴の姿は誰にも見えていないはずだ。その場から竜晴が消えたわけではないのだが、誰もその姿を見ようと思わなくなる仕掛け——それが隠形の術である。その状態で、竜晴はしばらく鳥居の見張りを続けた。

すでに夜も明けていたから、神社の前を通っていく人の姿もある。この頃合いに道を急ぐのはどこかの店に通い奉公している者たちだろう。彼らは脇目もふらず道を急いでおり、怪しげなところはまったくない。

四半刻も経つと、人通りがますます増してきた。

(今日は来るつもりがなかったか、来てはみたが、避けたということか)

前者であればたまたまのことだが、後者であれば、よほど勘のいい者ということになる。

抜丸の姿は見えたとしても、白蛇にしか見えぬはずだし、今の竜晴の姿は見えていないはずだ。それなのに、異変を感じて避けたのだとしたら——。

(人としては驚くべき勘の良さだし、さもなくば、人ならざるものの仕業というこ

とか)

これまでは、蝶を殺したのも梅雨葵を置いて行ったのも、あくまで生身の人がしたことだろうと考えていた。しかし、抜丸の見張りが察知されたのであれば、人ならざるものの仕業ということもある。そんなことを考えながら、竜晴は母屋へ戻り、隠形の術を解除した。

その後、抜丸の作ってくれた朝餉を食べた竜晴は、小烏丸の寝ている部屋に活けられた二輪の梅雨葵を前に、じっと思案をめぐらした。

しばらくして、朝も五つ半(午前九時頃)になると、

「竜晴、いるか」

と、玄関口に泰山の声がした。

「ああ、入ってくれ」

竜晴はその場で声を張り上げて返事をする。抜丸に案内役をさせられないのが面倒なところだが、泰山ならば勝手に上がってくるだろう。二人の間ではそういう了解ができていたし、実際、昨日は竜晴の留守中、平然と上がり込んでいる。

今日もそうするだろうと思い、竜晴は気にもかけなかったのだが、なぜか泰山は

中へ入ってこなかった。

「すまないが、こっちへ来てくれるか」

と、泰山の声が玄関口から聞こえてくる。何事かと思いながらも、竜晴は立ち上がり、玄関へと出向いた。

泰山はいつも通りの姿だが、その後ろに何やら紅や黄の華やかな色が見え隠れしている。どうやら連れがいるらしく、それも女のようだ。

「誰かいるのか」

竜晴が尋ねると、「ああ」と、泰山は苦笑を浮かべた。

「何やら久々なので、お前に会うのが照れくさいらしい」

泰山はそう続け、振り返って相手の女を促した。女はおずおずと顔を出した。まだ若く、非常に整った美しい顔立ちには見覚えがあった。

「おきいさんか」

竜晴が間を置かずに声を上げると、若い娘はたちまち顔を輝かせた。大輪の牡丹が一瞬で花開いたかのような華やぎがある。

「竜晴先生、あたしのこと、覚えていてくださったんですね！」

おきいは明るい声を上げ、今度は体ごと泰山の横に動いた。

薄紅色の地に、濃い紅色や黄色、白の牡丹が鮮やかに描き出された派手な小袖を着ている。その姿は梅雨の晴れ間の陽射し(ひざ)のように見え、可憐(かれん)であった。

竜晴は一年前、このおきいに取り憑(つ)いた霊を祓ったことがある。その時、十四歳と聞いていたから、今は十五になるはずだ。

その時、おきいを竜晴のもとへ連れて来たのが泰山であった。

「もちろん覚えています。おきいさんに取り憑いていたのは、お宅の土地に長らく張り付いていた地縛霊でした。本来ならば、悪さをするような霊ではないのだが、新しい御蔵(おくら)を建てようとした場所が悪く、怒りを買ってしまい……」

あたかも、おきい本人より地縛霊の方をよく覚えているという言い草に、「まあまあ、地縛霊の話はともかく」と、泰山が口を挟んだ。

「実は、おきいさんとは神社の前で出くわしたのだ。おきいさんがいるとは思っていないから、うっかりすれば見過ごすところだった。ちゃんと気づけたのは、おきいさんがあれを持っていたからなんだ」

泰山の言葉が終わるのを待ちかねていたように、おきいがそれまで隠していた右の手を前へ差し出した。その手には梅雨葵の花が一輪握られている。

「それは、梅雨葵の……」

竜晴が驚いた声を上げると、おきいはにっこりと満足そうに微笑んだ。

「その花を神社に届けていたのは、おきいさんだったんだな」

泰山もまた、おきいの傍らでにこにこしている。

「それにしても、どうしてその花を――？」

竜晴がじっと目を向けて問うと、おきいは無邪気な笑顔のまま、

「この花のまっすぐ上に伸びて立つ姿が、あたし、とても好きなんです」

と、答えた。はきはきと答える様子が爽やかで、心身共に健やかであるように見えた。

「なるほど」

竜晴がおもむろに呟くと、おきいは初めの遠慮がちな態度とは打って変わり、

「これ、竜晴先生に」

と、言うなり、竜晴に梅雨葵の花を差し出した。

「……はあ、頂戴します」

竜晴はどことなくぎこちない様子で、花を受け取った。おきいが怪訝そうな表情を浮かべ、小首をかしげる。

「竜晴先生は嬉しくないんですか？」

「まさか」

間髪を容れずに応じたのは、竜晴ではなく泰山であった。

「花を贈られて嬉しくないはずがなかろう。竜晴は照れているだけさ」

「……まあ」

泰山の言葉に、おきいは頰をほんのりと染め、かすかにうつむいている。

別に照れてなどいない——と言い返そうとした竜晴は、泰山の目配せに気づいて、口を閉ざした。泰山の目は明らかに何も言うなと告げている。

「竜晴は、これまで届けられた梅雨葵の花を、床の間に活けて飾っているのだ」

泰山がさらにおきいを喜ばせるようなことを言った。

(私が活けたわけではないがな)

竜晴は心の中で言い返したが、抜丸が活けたのだとは、たとえ泰山にでも言うわけにいかない。

「竜晴先生がそんなに喜んでくださったのなら……」

おきいが嬉しそうに言い出した言葉が終わらぬうちに、「ところで」と竜晴は話を変えてしまった。

「一昨日(おととい)と昨日、この神社の鳥居のところで蝶が死んでいたのですが、その姿を御覧になりましたか」

おきいの顔からはすでに笑みが失(う)せていた。

「蝶が死んで……？　いえ、見てはおりません」

おきいは答えた後、「かわいそうに……」と小さな声で呟いた。

「そうですか。ならば、よいのです」

竜晴が淡々とした声で言うと、沈黙が落ちた。その場には初めとは違う、しらじらした雰囲気が漂っている。

「それじゃあ、あたし、これで失礼いたしますね」

おきいは気を取り直した様子で言った。一人で平気かと気遣う泰山に、大丈夫ですと笑顔で答え、おきいは帰って行った。

「お前、久しぶりの再会だというのに、もう少し、愛想よくできないのか」

おきいが行ってしまってから、泰山があきれたような声で竜晴に尋ねた。

「それに、例の蝶の話を聞かせたのも、どうかと思うぞ。おきいさん、顔色を変えていたではないか」

「惨い話は聞かせていない。ただ死んでいたと話しただけだ」

「そういえば、今朝はどうだったのだ。蝶の死骸は置かれていなかったのか」

泰山は緊張した声になって問うた。

「ああ。夜明け前後を見張っていたんだが、今朝は何も起こらなかった」

「そうか」

と、泰山は安堵(あんど)の息を吐いた。

「梅雨葵の方も事の次第が分かったことだし、この先、何事もなければいいんだが
……」

「しかし、蝶の下手人についてははっきりさせておきたい」

竜晴のきっぱりした物言いに、泰山は大きくうなずいたものの、

「とはいえ、おきいさんがやったとは思えないが……」

と、控えめに続けた。

「別に、おきいさんがやったとは言っていない。ここ数日、この辺りに来ていたのなら、骸を見ていたかと思って尋ねたまでだ」

「まあ、事情は分かるんだが……」

最後は竜晴に押されたような形になり、泰山はもごもごと言葉を濁してしまう。だが、その表情は「その物言い、もう少し何とかならないものか」とあからさまに訴えていた。

二

この日も夜から翌朝にかけて、抜丸は引き続いて見張りをした。

「今回も、不審げな者は現れませんでした」

と、朝になってから竜晴に報告する。蝶の死骸が置かれたのは、十五日と十六日の朝のことで、十七日、十八日の二日間は見かけていないことになる。

そして、この日もおきいは泰山と一緒に現れた。手にはいつもより少し色の濃い紅色の梅雨葵の花を持っている。

竜晴は礼を言って花を受け取り、小烏丸が寝ている部屋の瓶に挿し入れた。花の数は全部で四本、梅雨葵の花は下から順に咲いていくので、これからも楽しむことができる。

「ふうん。今日はこれまでと違う色の花なんだな」

小烏丸はわりと梅雨葵の花が気に入っているようであった。

やがて、日が暮れると、抜丸は三回目の夜の見張りをすると申し出た。

付喪神の抜丸は、ふつうの生き物のように眠りを必要とはしないが、決して疲れないわけではない。そして、疲れが溜まれば、本体である刀の方も傷んでくる。

「今夜から明日の朝にかけて、蝶を殺した下手人が現れなければ、見張りは打ち切りにしよう。今度は見張りをやめたことによって、現れるかどうか確かめたい」

竜晴の言葉にうなずき、抜丸は見張りについたが、この夜も異変はなく十九日の朝を迎えた。

「三日間、ご苦労だったね。お前も少し休んでくれ」

と、竜晴からねぎらわれた抜丸は、朝餉の片付けを終えた後、休息に入った。本体に戻るのが最も心地よく、力もよみがえるというので、本体が祀ってある拝殿に引きこもっている。

そして、この日もおきいと泰山は連れ立って現れた。おきいは前日と同じように、少し濃い紅色の梅雨葵を持参している。泰山が庭の薬草畑を見るというので、竜晴とおきいも一緒に庭へ出向いた。

「ここで薬草を育てているんですね」

おきいがはしゃいだ声を上げる。

「でも、きれいなお花がなくて、何だか寂しいわ。あたしが持ってきたこの花をここで育てたらいいんじゃありませんか。ねえ、竜晴先生」

「この土地は泰山に貸しており、それをどう使うかはすべて泰山に任せています。ですから、そういうお話は泰山にどうぞ」

竜晴が言うと、おきいは少し頰を膨らませたが、畑をいじっている泰山に話をするつもりはないらしい。

畑仕事を手伝う気のない竜晴は、泰山の横をすり抜け、縁側に腰かけた。すると、おきいも当たり前のように竜晴の隣に腰を下ろす。

「ねえ、竜晴先生」

おきいは少し舌足らずな調子で呼びかけ、上目遣いに竜晴を見つめた。竜晴もおきいに目を向ける。

「竜晴さまー」

その時、本殿の方からこちらに向かってくる元気のいい声が聞こえてきた。

「ああ、大輔殿か」

竜晴は立ち上がって声をかけた。この近くの旅籠屋の倅で、一家は小鳥神社の氏子でもある。

「お邪魔いたします、宮司さま」

大輔の後ろから、おとなしめの声で挨拶したのは、その姉の花枝であった。そろって小鳥神社に来ることが多く、二人とも竜晴を慕っている。

「えっ、お客さん？」

大輔が大きな目を瞠って、おきいを見つめた。

「ああ、こちらは神田の紙商のお嬢さんで、おきいさんとおっしゃる。泰山の患者だったこともあり、私がお祓いをしたご縁もあります」

竜晴が自ら、大輔と花枝におきいを引き合わせた。

「こちらはご姉弟で、花枝殿に大輔殿。この神社の氏子で、何かと神社のことを気遣ってくださいます」

氏子以外の者が滅多にやって来ない神社で、余所者と出くわしたことに、花枝と大輔は少し驚いたようだ。一方のおきいは臆した様子も見せず、

「初めまして。きぃと申します」

と、にこやかな笑顔を見せた。

「こちらの氏子の花枝と大輔です」

花枝は慌てて頭を下げ、大輔は「……どうも」とぶっきらぼうに挨拶した。

「しっかり挨拶しなさい」

と、花枝が小声で弟を注意している。

「やあ、花枝殿に大輔殿。お二人ともお元気そうで何より」

その時、泰山が振り返って、二人に笑顔を向けた。

「泰山先生もお変わりなく」

花枝が朗らかな声で挨拶すると、泰山は顔をいっそうほころばせた。

「あれ、その花……？」

大輔が縁側に置かれた梅雨葵の花に目を向けて呟く。

「それ、あたしが竜晴先生にお持ちしたものなんです」

竜晴が答えるより先に、おきいがはきはきと答えた。

「えっ？　あんたが？」

大輔が意外そうな目で、おきいと花とを交互に見つめながら呟いた。そのすぐ後、

「そうですか。おきいさまがそのお花を――」

と、花枝が言葉を添える。

「梅雨葵は今、まさに花の盛りですものね」

花枝は早口で続けた。

「ええ。とてもきれいな花でしょう？　まっすぐ空に向かって立つ姿も潔いですし。だから、あたし、この花が好きなんです」

明るい声で言うおきいに対し、

「そう……ですね。本当にきれいなお花……」

花枝はそれまでより小さな声になって呟く。

「実は、おきいさんは毎日、一本ずつ、この花をこの神社に届けていたのですよ」

いつの間にやら立ち上がっていた泰山が、手拭いを使いながら言った。

「初めは誰にも知られず、鳥居のところに置いていたらしいのですが、二日前、花を持っている姿を私が見かけましてね。もしかしたら、おきいさんはずっと内緒にしておきたかったのかもしれないが」

私は余計なことをしてしまったのだろうか、と泰山が呟くと、おきいはふふっと笑っただけで、何とも言わなかった。

「この花は、遠い昔、支那から薬草として伝わったものなんです」

泰山は花枝と大輔の方に足を向けながら語り出した。

「だからなのか、この花は『蜀葵』と呼ばれていました。また、まっすぐ立つ姿が印象深いせいか、『立葵』とも呼ばれ、他にも『梅雨葵』や『花葵』という呼び名もあります」

「しかし、あまりにいろいろな呼び方があると分かりにくいものだ。第一、この花以外にも『葵』と名のつく草がある」

泰山の説明に、竜晴が口を挟んだ。

「そこなんだよ。まあ、ふつうの人が『葵』と聞いて思い浮かぶのは、京の賀茂祭で使われた葵草だと思うんだが、あれは『二葉葵』であって、この梅雨葵とは別の花だ」

竜晴を相手にしているせいか、泰山の口の利き方もくだけたものとなる。

「その通りだ」

と、うなずいた竜晴は、置き去りにされた格好の客人たちに目を戻し、

「二葉葵は、今の将軍家の御紋として知られていますから、皆さんもご存じでしょう」

と、他人行儀な言葉遣いに戻って尋ねた。花枝とおきいはそれぞれうなずき、大輔は首をかしげている。

「京の賀茂祭は賀茂神社にゆかりの祭なのですが、賀茂神社の神紋も二葉葵なのですよ」

「そうだったのか。お前は賀茂氏の出だから、当然、賀茂神社に関わりがあるんだろう？」

泰山が訊いた。

「まあ、事実はそうだが、縁など遠い昔に切れている。上賀茂神社や下賀茂神社で、

小鳥神社のことを尋ねたところで、知る人などいないだろう」

「でも、竜晴先生のご先祖さまは、賀茂神社や賀茂祭とご縁があるのでしょう。そのあたりのお話、ぜひお聞きしたいわ」

おきいが少し舌足らずな調子で言った。それから、花枝に顔を向けると、

「ねえ、花枝お姉さまもそうお思いになるでしょう？」

と、馴れ馴れしげな口ぶりで尋ねる。

「えっ？　お姉さま？」

そう呼ばれたことに、吃驚したという様子の花枝だが、たぶん自分の方が年上なのだろうと無理にも自分を納得させたらしく、「え、ええ。私もお聞きしたいです」と言い添えた。

「大して面白い話でもありませんが、上賀茂神社に祀られているのが賀茂別雷命という神です。この神は不思議な誕生の仕方をしております。玉依媛という姫神が鴨川で遊んでいたところ、丹塗りの矢が流れてきましたので、それを持ち帰りました。それを床の近くに置いていたところ、媛は懐妊し、生まれたのがこの賀茂別雷命なのです」

「まあ、そんな不思議なお話、初めて聞きました」

おきいが目を瞠って呟いた。

「玉依媛は下賀茂神社に祀られております。そして、玉依媛の父親は賀茂建角身命（かもたけつぬみのみこと）といいまして、玉依媛と共に下賀茂神社に祀られているのですが、この神は八咫烏として知られている神なのです」

「八咫烏とは、神武天皇さまとご一緒に日の本の国土を回ったという神のことか。確か、カラスの形（なり）をしているとか」

泰山が驚いた表情で口を挟むと、

「ええっ？　それじゃあ、その何とかってお姫さまも、カラスだったのか」

かろうじて話についてきていたらしい大輔が、頓狂な声を上げた。

「いや、そうではない、大輔殿」

竜晴が大輔に微笑を向けて言った。

「賀茂建角身命はもともと私たちと同じ姿をしていたが、神武天皇のもとへ行った時、カラスの姿に変身したのです」

「何だ、そういうことか」

安心したように大輔が笑った。続けて、「あっ！」と大きな声を上げると、

「それじゃあ、この神社の名前にカラスが入っているのも、そういう関わりからだったのか」

と、さもすごい発見をしたという様子で言う。

「いや、この神社では八咫烏を祀っているわけではないのだが、賀茂氏とカラスの間には深いゆかりがあると思っていただくのがよいでしょう」

竜晴がそう言って、話を締めくくった。

「そうしてみると、おきいさんが持ってきた花も二葉葵でこそないが、竜晴とゆかりの花だったんだな」

泰山がにこにこと言い、

「知らないことでしたけれど、そう聞けば、深いご縁があるようで、とても嬉しいです」

と、おきいがはしゃいだ声で言った。

「そういえば、和歌の中でも葵が詠(よ)まれることは多いんだよなあ。私はあまりくわしくないんだが」

泰山が思い出したというふうに言い添えると、竜晴は「そうだな」とうなずいた。

「まあ、歌で詠まれる葵は、梅雨葵ではなく二葉葵の方だろうが……」

「竜晴先生は和歌をご存じなんですか。だったら、葵が詠まれている歌を一首、教えていただけませんか。あたし、頑張って覚えます」

おきいの頼みに対し、竜晴は少し思案するような表情を浮かべた。

「和歌の中では、『葵』は『あふひ』と詠まれるのです。『逢う日』、すなわち恋しい男女が逢う約束の日、という意味をかけて使われることが多いのですが、これという一首となると……」

「まあ、そんなふうに使われる花だったんですか。そんなこと、あたし、ちっとも知らなくて……」

頰をかすかに染めて、おきいが呟くと、

「けど、そこの花とは違う花なんだろ。そんなの、ただのこじつけじゃんか」

と、大輔がどことなく不機嫌な調子で言う。

「およしなさい」

と、蒼い顔をした花枝が慌てて弟に注意するのと、竜晴が「ああ、思い出しました」と言うのは、ほぼ同時であった。

「この国で最も古い歌集である『万葉集』の歌です。確か、『万葉集』に葵が詠まれていたのは一首だけだったと思うので、最も古い葵の歌と言ってよいでしょう」

竜晴はそう言うなり、その歌を口ずさみ出した。

　梨棗黍(なしなつめきび)に粟(あは)つぎ延(は)ふ葛(くず)の　後も逢はむと葵(あふひ)花咲く

「何だ、その歌は？　意味がまるで分からんが……」

泰山が困惑した顔つきを竜晴に向けた。

「これは、色っぽい歌でも何でもなくて、ただの言葉遊びのようなものなんだが、ここには多くの草木の名が詠み込まれているのです」

そう言った竜晴は、「大輔殿」と不機嫌そうな顔つきの少年を呼んだ。

「もう一度、私が歌うのを聞いて、草木の名を当ててみてください。果物として食べられているものもある」

竜晴がもう一度歌い出すと、不機嫌そうな大輔も一生懸命考えるような表情になった。

「ええと、梨と棗、黍と葛、それに……葵かな」

「すべて合っています。ただし、一つ『粟』だけが抜けていましたが……」

竜晴が答えを言うと、大輔は口惜しそうな表情を浮かべた。

「この歌の面白いのは、『黍』にあなたという意味の『君』が、『粟』にはあなたに逢うという意味の『逢わ』、『葵』には『逢う日』が掛けられているところなのです」

と、竜晴は説明を続けた。

つまり、この歌は「梨、棗、黍、粟に続き、葛の蔓が長く伸びていって、葵の花が咲く」という草木の名を詠み込んだその裏で、「君に逢った後も、それで終わることなく、また逢いたいものです」という意味を添えているのだ。

「おお、そうして聞くと、大した歌だな」

泰山がすっかり感心した様子で唸るように言った。

確かにすばらしいと、花枝と大輔もうなずいている。その間、おきいは竜晴の顔にじっと熱い眼差しを注ぎ続けていた。

三

話に気を取られていた花枝が、おきいの熱い眼差しに気づいたのは、竜晴の話が一段落してからであった。竜晴はなおも泰山と話を交わしており、おきいの眼差しには気づいていないようである。

花枝は暗い表情を浮かべると、おきいと竜晴からそっと目をそらした。

「そろそろお暇しましょうか」

花枝は大輔に言った。大輔は何か言おうと口を動かしかけたが、なぜか何も言わなかった。

「それでは、宮司さま、泰山先生、それにおきいさま。私たちはこれで失礼いたします」

花枝は頭を下げて挨拶し、踵を返そうとする。

「あ、花枝殿。何か御用があったのではありませんか。私が要らざる話を長引かせてしまったから……」

泰山が花枝を呼び止め、気がかりそうに尋ねた。

「いえ、用など特にありません。ただ、ご挨拶に伺っただけですから」

花枝は少し沈んだ声で答えると、再び頭を下げ、歩き出した。大輔は黙って付いて来る。

本殿の横を通り抜け、鳥居まで至った時、花枝の足は一度止まった。片側の柱の下の方をじっと見つめた後、花枝は再び歩き出した。

「姉ちゃん!」

その時、もうそれ以上は黙っていられないという様子で、大輔が声を上げた。

「なあに?」

と、返事をしながらも、花枝は振り返ろうとせず、そのまま歩き続けていく。自分でも、いつもより足早になっていることが分かっていた。が、今は少しでも小鳥神社から遠ざかりたかった。

「どうして黙ってたんだよ」

花枝の後を追いかけながら、大輔は咎めるように訊いた。

「黙っていたって、何のこと?」

花枝は足も止めず、振り返りもせずに訊き返す。

「ごまかすなよ。あの花のことだよ」

大輔はそこから走り出し、花枝を追い抜くと、その前に立ちふさがるようにして両手を広げた。

花枝は仕方なさそうな表情で足を止める。

「梅雨葵のことね？」

「泰山先生、完全に勘違いしてたじゃねえか。あの調子じゃ、竜晴さまだって勘違いしてるぜ。あの花は姉ちゃんが届けたもんだろ。毎日毎日、誰にも知られないよう、神社の鳥居のところに置いてきてるのは姉ちゃんじゃねえか。何でそんなことしてるのかは知らねえけど」

息つく間もなくわめき立てる大輔の言葉に、花枝はそっと溜息(ためいき)を漏らした。

「どうして、あんたが知ってるのよ」

「一人で朝早く出かけてりゃ、様子が変だって気づくだろ。それに、庭の花が毎日一本ずつなくなってたし」

「私のあとをつけたのね」

花枝は大輔を睨むように見据えた。

「仕方ねえだろ。何か変なことしてんじゃねえかと思ったし」

ふて腐れたように、大輔は口を尖らせて言い返した。

「私はおかしなことなんてしていません」

「まあ、花を鳥居のとこに置いてくるだけなら、悪いことじゃなさそうだから、黙っててやったんだ。けど、姉ちゃんのしたことを、あの女が横取りして知らんふりしてるのは我慢ならねえ」

大輔は怒りをあらわにした。しかし、花枝は沈んだ表情を浮かべただけで、大輔の怒りに同調はしなかった。

「もういい」

大輔は怒りに任せて言い放った。

「姉ちゃんが言えねえのなら、俺が竜晴さまに言ってやる。あの花は毎日、姉ちゃんが届けているもんなんだって」

「待ちなさい」

今度は花枝が両手を広げて、神社へ引き返そうとする大輔の前に立ちふさがった。

「さっき、宮司さまのお宅の縁側に置かれていたのは、私が届けた花じゃないわ」

「えっ、そうだったの？」

虚を衝かれた様子で、大輔が呟く。

「花の色が違っていたでしょう？　うちの庭に咲いているのは、あの花よりもっと淡い色の花よ」

「じゃあ、あの花は……」

「泰山先生がおっしゃっていたように、おきいさまが届けたものなのだと思うわ」

花枝が広げていた腕を下ろし、溜息混じりに呟いた。

「え、どういうこと？　神社にあの花を届けるのが、今の流行りなのか？」

大輔が混乱した表情で尋ねたが、花枝は無言であった。

「俺にもちゃんと分かるように説明してくれよ、姉ちゃん。そもそも、姉ちゃんは今朝も花を届けたはずだよな。あの女も花を持ってきたっていうなら、花は二本なくちゃおかしいだろ。けど、竜晴さまも泰山先生もそんな話はしていなかった。だったら、姉ちゃんの花はどこへ行ったんだよ」

「それは……分からないわ」

花枝は力なく首を横に振った。

「竜晴さまがすでに家の中へ持ち運んでしまわれたのかもしれないし、他の誰かに処分されてしまったのかもしれない」

「竜晴さまが気づいていたのなら、そう言うはずだろ。昨日までの花のことは知らねえけど、少なくとも今朝姉ちゃんが届けた花は、竜晴さまの目に触れる前に処分されちまってるんだよ。誰がやったのかは分かってる。あの女に違いねえ」

大輔は不穏な口ぶりになって言った。

「そんなふうに言うのはおよしなさい。おきいさまと決まったわけではないわ」

「けど、あの女は鳥居のとこに置かれた花まで、さも自分が持ってきたようなふりをしてたじゃねえか。勝手に勘違いしたのは泰山先生かもしれないけど、それを違うって打ち明けねえのは、嘘を吐いているのと同じことだろ？」

花枝は少しうつむき、無言のままである。

「嘘吐きはいけねえことだ。姉ちゃんだっていつもそう言ってるじゃねえか」

大輔は勢いづいて言うと、

「やっぱり、俺、竜晴さまに本当のこと、伝えてくる」

と、花枝の横をすり抜けて、神社へ引き返そうとした。花枝は慌てて大輔の腕をつかんだ。

「待って。あれは願掛けなの！」

必死の表情で、花枝が言う。

「願掛け？」

「同じ捧げものを七日間、人に知られないよう神社にお届けすれば、神さまが願いを叶えてくださるのよ」

「人に知られないようにって、俺には知られちまってるじゃねえか」

大輔はがっかりしたような、申し訳ないような表情を浮かべて言った。

「あんたは別にかまわないわ。もちろん、あんたがしゃべってしまったら台無しだけれど」

「どういうことだよ」

「人に知られないようにと言っても、願掛けの中身に関わる人に限っての話。だから、私の場合は宮司さまにだけは絶対、知られるわけにいかないの」

「何だよ。竜晴さまに関わる願掛けなのかよ」

大輔が少しあきれたような目つきになって言う。

「もしかして、竜晴さまの嫁さんにしてくれって願掛けでもしたのか」

大輔が花枝につかまれた手を払いのけて尋ねると、花枝は急に顔を上げ、大輔を鋭い目で見つめ返した。

「そんなわけないでしょう?」

怒りに顔を赤くして、花枝は言い返した。

「そんな手前勝手なお願い、神さまが聞き届けてくださるはずないじゃないの」

「……へえ」

と、意外そうな目で姉を見つめた大輔は、「じゃあ、何をお願いしたんだよ」と問いただした。

「それは、あんたにも言えないわ。願い事は叶うまで、誰にも知られちゃいけないのだもの」

花枝はきっぱり断った後、

「だから、私が梅雨葵の花を神社に届けていることは、絶対に宮司さまには言わないでちょうだい。ここまで話したんだから、あんたも聞き分けてくれるわよね」

と、続けて言った。

「そりゃあ、まあ、そういう事情があるっていうなら……」

大輔は歯切れの悪い口ぶりで言ったものの、やはりこのまま引き下がるわけにはいかぬとばかり、

「けど、姉ちゃんの願掛けとやらが終わって、願いが叶ったら、竜晴さまに話してもいいんだな」

と、念を押した。

「……特に、駄目っていうことはないけれど」

今度は、花枝が口ごもるようになって言う。

「それにしても、あの女、いらいらさせてくれる」

大輔は怒りが収まらないというように、その場の地面を蹴った。

「おきいさま、とてもきれいな人だったわね」

花枝は大輔のように怒りは見せず、寂しげな微笑を浮かべて呟く。

「私のこと、お姉さまって呼んでたけど、私より一つか二つ下かしら？」

「互いの年も分かんねえっていうのに、馴れ馴れしい呼び方しやがって。きっと、

竜晴さまにもああいう感じで、べたべたしてるんだぜ」

「でも、きれいな人だと、大輔だって思ったでしょう?」

「そりゃあ、まあ……」

と、言いかけた大輔は、さすがにうなずくのはまずいと思ったらしく、言葉を濁すと、

「俺は竜晴さまの方がきれいだと思ったね」

と、言い直した。

ここで、姉ちゃんの方がきれいだと言わないところが、大輔の正直なところであり、いいところでもある。

「物言う花……」

花枝の小さな呟き声が聞こえなかったのか、「えっ?」と大輔が訊き返した。

「おきいさまみたいにきれいな人のことを言うのよ。『物言う花』ってね」

今度ははっきり聞き取れる声で言い返し、花枝はほろ苦い微笑を浮かべた。大輔は何も言い返さなかった。

三章　群蝶の池

一

翌日の五月二十日、竜晴から言われた通り、寝ずの番をやめた抜丸は、目覚めてから念のため、鳥居の様子を確かめに出向いた。

すると、見張りをしていた三日間は何事もなかったのに、この朝は何と、前と同じ柱の下に蝶の骸が打ち捨てられている。翅がむしり取られた上、胴がつぶされているという惨い姿も前の時と同じであった。

「りゅ、竜晴さま！」

抜丸はただちに竜晴のもとへ行き、事の次第を伝えた。

「そうか」

と、応じた竜晴はさほど驚いていなかった。

「この状況からすると、相手はお前の見張りに気づいていた見込みが高いな」

「それは、ふつうの人には無理なはずですが……」

困惑したように、抜丸が言葉を返すと、

「つまり、ふつうの人ではないということだろう」

と、竜晴は答えた。

「それは、物の怪や霊の類、あるいは人であっても、竜晴さまや天海大僧正のような力を使える人の仕業、ということでしょうか」

「そういうことになるな」

竜晴はうなずいた。それから、抜丸に朝餉の支度を言いつけると、自らは鳥居のところまで出向いて、先日と同じように蝶の骸を拾い集めて埋葬した。

それが終わった後、抜丸が用意してくれた米の粥を食べた竜晴は、しばらく考えにふけった。こういう時、付喪神たちが竜晴の邪魔をすることはなく、竜晴がわずらわしさを感じることはまったくない。

ややあってから、竜晴は顔を上げた。

「これから寛永寺へ行く」

その言葉に、抜丸はすかさず「お供いたします」と告げた。

「うむ。小烏丸には再び留守を頼む。おそらく、私たちが出ている間に泰山が来るだろうが」

「我の方は問題ない。医者先生も勝手に入って来るだろう」

小烏丸もすぐに応じた。

「大僧正に、蝶のことを報告するんだな」

小烏丸の問いに、竜晴はうなずいた。

「やはり三度目となれば、黙っているわけにもいかないだろう。まして、相手が抜丸の見張りに気づくほどの力を持つとなれば――」

「蝶が死者の魂という話は、我も聞いたことがあるが」

小烏丸が気がかりそうに呟いた。

「ならば、不忍池に現れた群蝶は大勢の死霊というわけか」

「そこは何とも言えないが……」

小烏丸が歯切れの悪い口ぶりになる。

「私は、戦で死んだ人の魂が蝶になると聞いたことがあります」

抜丸が口を挟んだ。

「なるほど。となれば、同じ戦で死んだ者の魂がまとまって現れたとも考えられるわけだ」

「ですが、今は戦乱の世ではありませんし……」

抜丸はそう言って首をひねった後、もう一つ気がかりなことがあるのだと言葉を続けた。

「小烏丸は忘れているでしょうが、蝶といえば、平家御一門の家紋でもあります。それだけに、私はあの蝶の無残な姿を見ると、気分が悪くなりました」

抜丸の指摘に、竜晴はなるほどとうなずいた。

「そういえば、平家の家紋が蝶であるとは、私も聞いたことがあった。しかし、そうなると、例の伊勢殿の家紋も蝶なのかもしれないな」

「我が上野の山で見かけ、あとを付いて行ってしまったという侍だな。覚えてはいないが、鷹に襲われかけたのを我が助けたという……」

小烏丸の呟きに、竜晴と抜丸がそれぞれうなずき返す。

「平家の家紋については、大僧正もご存じだろう。とすれば、伊勢殿への忠告も怠ってはいないと思うが」

念のためにそのことも確かめようと言ってから、竜晴は立ち上がった。

「では、私たちは出かけるが、後のことはよろしく頼む」

「うむ。こちらのことは任せてくれていいぞ」

小烏丸は動けぬ身のくせに、立派な口を叩いた。抜丸があきれた様子で、聞こえよがしの溜息を吐く。

それから、抜丸と共に外へ出た竜晴は鳥居を通り過ぎる時、ちらと様子をうかがったが、特に異常は見られなかった。その後は立ち止まることもなく、ひたすら上野山へ向かって進む。

「寺へ行く前に、蝶が現れたという不忍池の辺りを見ておこう」

上野山へ足を踏み入れた時、竜晴は言った。

「分かりました」

と、後ろから付き従う抜丸が応じる。

やがて、竜晴の目の前に、不忍池が姿を現した。辺りを見回してみても、蝶の飛ぶ姿はない。

竜晴はそのまま池の水際まで進み、そこで足を止め、その足もとの地面をじっと見つめた。

ここは、ついこの間、上野の薬種問屋「三河屋」の長男、太一の首が発見された場所である。その後、太一の弟の千吉と竜晴とで、同じ場所にお札を埋め、お祓いもした。

それからしばらく、怪異の話を聞くこともなかったから、太一の魂も救われ、別の悪霊などがこの場所に憑くこともなかったのだろう、と思っていたところへ、例の群蝶が現れたのだ。

「まさか、あの首になった人の霊魂が、蝶を呼び寄せていたのでしょうか」

抜丸も竜晴と同じことを案じたらしく、後ろから気がかりそうに訊いてきた。

「いや、太一さんの魂は成仏したはずだし、それはない。念のためと思って来てみたが、やはり太一さんの魂の気配はなかった」

「では、他の霊の気配は……」

と、抜丸がさらに言おうとした時であった。

「そちらは、小鳥神社の宮司殿ではありませんか」

竜晴の左側から、池の水際に沿って、こちらに歩いて来る男がいた。

「これは、伊勢殿」

竜晴は居住まいを正し、抜丸はすぐに口をつぐんだ。

「やはり、賀茂殿でいらっしゃったな。少し離れたところからでも、貴殿の容姿はなかなかに目立つ。ところで」

と、いったん口をつぐんだ貞衡は、しげしげと竜晴を見つめた後、

「今、どなたかと話をなさっていたように見えましたが」

と、続けて尋ねた。無論、竜晴の周りに人はいない。

「はて。私は独り言を言う癖があるとかで、人から注意されることもあります。自分では気づかないことが多いのですが」

竜晴は空とぼけた。

「ですので、今も何か言っていたかもしれません」

「……そうでしたか。いや、お声までは聞こえなかったのですが」

貞衡はどうも不思議な人だというような目を、竜晴に向けたが、それ以上はこだわらず話を変えた。

「ところで、例のそれがしを助けてくれたカラスですが、治療は順調と、寛永寺の大僧正さまよりお聞きしております。何もかも、賀茂殿がお力添えくださったお蔭」

「ご丁寧に痛み入ります。カラスも順調に回復しておりますようで、もうしばらくしたら飛び立てるようにもなりますでしょう」

竜晴が知らせると、貞衡は顔を明るくした。

「それはめでたい。その時が来たら、ぜひそれがしにも知らせていただけまいか。あのカラスが飛び立つ姿をこの目で見たいもの」

「そうですか。いや、そこまであのカラスにご執心とは……」

竜晴は首をかしげた。

「伊勢殿があのカラスの怪我に、そこまで責めを負われる必要はないと思いますが」

「それを申すなら、賀茂殿の方こそ、あのカラスの治療のために手を尽くす必要はございますまい」

「それは……まあ」

　あのカラスは自分にゆかりの付喪神なんだとは言えないため、竜晴は言葉を濁した。

「ところで、今日は大僧正さまのもとへお越しになられたので？」

　貞衡から問われた竜晴は「これから参るところです」と返事をした。

「伊勢殿も大僧正さまをお訪ねですか。それとも、お帰りのところで？」

「それがしもこれより参るところです」

　と、貞衡は言い、ならばご一緒しましょうということになった。

「実は、ご訪問の前にこちらへ立ち寄ったのは、先だって大僧正さまよりここに大群の蝶が現れたと聞いたからなのです」

　竜晴が言うと、「その話なら、それがしも大僧正さまより伺いました」と貞衡も言う。寛永寺を訪ねる前にここへ立ち寄ったのも、竜晴と同じ理由からであった。

「少し気になりましたので、その蝶を直に見た者を家臣に命じて探させたのです。そうしたら、とある商家の手代の男を見つけてきましてな。その者から直に話を聞きました」

貞衡はずいぶん熱心に調べているようであった。

「その者によれば、蝶の大群も異様だったが、蝶が避けているように見える場所があったそうです。それが、ただ今、我々が立っているこの辺りだというのですよ」

それは、この場所に祓(はらえ)の札が埋められているせいだ。とすれば、例の群蝶はふつうの蝶ではなく、呪力を感じ取れる特別なものだったことになる。死んだものの魂が蝶となったものかもしれないし、邪(よこしま)な力によって導かれたものかもしれない。

「その理由には心当たりがあります。ここは穢れに触れたことがございまして、大僧正さまのお許しを得た上で、私が札を埋めたのです。蝶はおそらくそれを避けていたのでしょう」

穢れの事情については天海大僧正に聞いてほしいと断ると、貞衡は承知したとうなずいた。

「しかし、この話は大僧正さまのお耳に入れた方がよろしいだろうな」

と、貞衡は深刻な眼差しになって言う。竜晴はうなずき、それから二人は連れ立って寛永寺へと向かった。もちろん、抜丸は二人の後に黙って付いて行った。

二

竜晴と貞衡が連れ立って寛永寺に現れると、案内役の小僧も天海もまずは驚いた表情を浮かべた。

「不忍池のほとりで、たまたま出くわしましてな」

貞衡が言うと、天海は顔を引き締めた。

「なるほど。お二方とも、拙僧がお話しした蝶の件をお気にかけてくださったのですな」

何も話さぬうちから、天海はすぐに理解を示した。

「その時に、我々の間で分かったことがあるのですが……」

と、蝶がお札の埋められていた場所を避けて飛んでいたという話を、貞衡が天海に伝えた。

「ほう。そのことは心に留めておいた方がよさそうですな」

天海はおもむろにうなずいた後、竜晴に顔を向けると、

「して、伊勢殿はともかく、賀茂殿はこれという理由もなくお越しになることはないと思うが」

と、続けた。様子をうかがうような天海の眼差しを受け、

「そのことですが」

と、さっそく竜晴は切り出した。口先だけでも「いや、そんなことはありません」と愛嬌を振りまくようなことはしない。その態度に、貞衡が少し目を瞠ったが、天海は当たり前の顔つきである。

「実は、私の神社にも妙なことが起こっておりまして。朝方、鳥居の柱のところに、蝶の骸が置かれているのです。それも、実に無残な死に方でございました」

竜晴はその様子を説明し、見張りをしていた間は何もなかった点も余さず伝えた。見張りをしていたのが付喪神の抜丸だということは伏せたが、天海は察した様子である。

「また、時を同じくして、神社に葵の花を届けてくる者がおりまして」

と、竜晴が続けると、

「何、葵とな」

と、天海の顔色がにわかに変わった。

「葵とは将軍家の御家紋。場合によっては由々しきことですぞ」

「いえ、葵と申しても梅雨葵でございまして、二葉葵ではございません」

竜晴は続けて、梅雨葵が初めは黙って置かれていたが、後に、神田の紙商の娘おきいが同じ花を持って現れたこと、それまでの花を置いたのもおきいかと尋ねたら否定しなかったことも伝えた。竜晴が以前、おきいに憑いた霊を祓ったという事情も聞き、それならば問題はなかろうかと、天海がほっと安堵の息を漏らすと、

「梅雨葵とは立葵のことですな」

と、貞衡が会話に加わってきた。

「御家紋の二葉葵とは葉の形も違いますし、何よりあれは見て愛でるための花でござる」

「はい。ですから、さほど気にする必要もないと思います。その娘になぜ梅雨葵なのかと訊きましたが、ただその花が好きだからと答えただけでした」

「その娘御は賀茂殿の気を引きたくて、花など届けているということではないのですかな」

貞衡が少し微笑を含んだ声になって言う。

「さて。そのようなことは言っておりませんでしたが」

竜晴は照れた様子も見せず、淡々と答えた。

「して、蝶を殺した、いや、まだ殺したとは決めつけられぬが、その骸を無残な形で鳥居のところに置いたのは、その娘ではなかったのか」

天海が慎重な口ぶりで尋ねた。

「そのことも確かめましたが、本人によれば蝶は見ていないそうです。蝶の骸は明け六つ（午前六時頃）にはすでに置かれていて、花が届けられるのは夜が明けて少し経ってからでした。ですので、ひとまず話に矛盾はないか、と」

「ならば、梅雨葵の花は切り離してよいのやもしれぬが、蝶のこともある。お二人ともくれぐれもお気を付けなされよ。上さまの鷹狩りの計画が持ち上がっている時期でもあるゆえ」

天海が前にも鷹狩りについて話していたことを、竜晴は思い出した。

「ああ、この秋の鷹狩りですな」

貞衡が声を上げた。天海が何かと不安を抱いている様子であるのに対し、貞衡の方は屈託がない。

「伊勢殿も鷹狩りに随行されると伺いましたが」

竜晴が尋ねると、貞衡は「さよう」とうなずいた。

「それがしも上さまのお供をし、狩りにも参加いたす所存」

貞衡は胸を張って告げた。

「しかし、鷹といえば、つい先だって襲われかけたばかりですのに、鷹狩りとは気乗りがなさらないのではありませんか」

竜晴が尋ねると、貞衡は軽くうなずいた。

「まったく気にならぬと言えば嘘になろうが、正直なところ、それがしはあのカラスに救われ、かすり傷一つ負わなかったせいか、鷹を忌まわしく思う気持ちは湧いてこぬのです」

貞衡はこだわりのない表情で言う。

「それがしも鷹を飼っておりますしな」

「なるほど。その鷹を公方さまの鷹狩りの際に連れて行かれるのですね」

竜晴の問いに、貞衡は「そうなのです」と明るく答えた。

「名はアサマといいます。釈迦に説法でもございましょうが、伊勢神宮の鬼門を守る朝熊岳から採りました。これがなかなか賢い顔をしておりましてな。目は生き生きとして、何とも愛嬌があるのです」

アサマという鷹について語る時の貞衛は、実に楽しげに見える。

「アサマには当然、世話をしている鷹匠がいるのですよね」

「さよう。アサマの鷹匠は三郎兵衛というまだ三十にもならぬ若者ですが、代々我が家に仕えておる者です」

「その鷹匠に、伊勢殿が鷹に襲われかけた一件についてお話しになりましたか」

竜晴がさらに問うと、貞衛はおもむろにうなずいた。自分を襲った鷹が鷹匠に操られてのことかどうか気になったので、三郎兵衛にその時の様子を話した上、訊いてみたのだという。

「三郎兵衛によれば、少なくとも野に暮らす鷹が人を襲う話は聞いたことがない、とのことでした。また、こちらが何も仕掛けていないにもかかわらず、鷹が襲いかかってきたのであれば、鷹匠に操られていた見込みは高いだろうとも申しておりましたな」

「そうですか。あの鷹については依然として分からないのでございますね」

「……うむ。生憎と手がかりがありませんのでな」

貞衡がやや沈んだ声で答える。

「しかし、鷹狩りともなれば、鷹が多く持ち寄られるわけであり、上さまのお目に触れるということにもなる。万が一にも、伊勢殿を襲った鷹が上さまのお近くに持ち込まれることだけは避けねばなりますまい」

天海が深刻な顔つきになって言った。

「確かに、あってはならぬことです。しかし、あの時の鷹の顔を覚えているわけでなし、再びその鷹を見たとしても、それがしには分かりかねますぞ」

困惑した様子で、貞衡が唸った。

「まあ、できぬことを案じても仕方ありませぬ。鷹狩りまではまだ間もあるゆえ、呪の力を扱うことのできる賀茂殿のお力も借りつつ、対策を講じていこうではございませぬか」

天海が貞衡をなだめるように言い、貞衡もうなずいた。

「いずれにしても、鷹に襲われかけたことに続き、この度の蝶の珍事です。考えすぎかもしれぬが、蝶は伊勢殿のご先祖たる平家御一門の御家紋でもある。くれぐれもご用心のほどを」

「ご忠告痛み入ります」

貞衡は丁寧に言い、天海に向かって軽く頭を下げた。

「ところで、何かの折に耳にしたのですが、平家には代々受け継がれている太刀がございましたな。小烏丸というのでしたか」

天海がさりげなく貞衡に持ちかけた。竜晴はまったく顔色を変えなかったし、貞衡も不審げな表情を見せるでもなく、「はい」とあっさりうなずいた。

「小烏丸は代々の当主に受け継がれる太刀だったそうです。もっとも、壇ノ浦の合戦で沈んでしまいましたが。ただ、海から引き揚げられ、誰かの手に渡ったという伝承などもあるようでして」

「では、伊勢殿のお家には、小烏丸の太刀は伝えられてこなかったと?」

天海がじっと貞衡に目を向けて問う。

「はい。もし海から引き揚げられているのなら、それがしとしては何としても取り戻したいところ。また、誰かが所有しているのであれば、大金を払ってでも買い戻したいと考えております」

「さようですか。まあ、本物の小烏丸であれば、法外な値をつけられるでしょうが」

「しかし、あの刀は我が家で受け継いでいくべきもの。他家の人が所有するべきではありません」

貞衡は断固とした口ぶりで言う。その後、

「実は、平家一門には小烏丸以外の刀も伝えられておりまして」

と、打ち明け話を始めた。

「抜丸というのですが、お聞きになったことはございますか」

貞衡から問い返されて、天海は驚いた表情を浮かべたものの、不用意に眼差しを抜丸へ向けることはせず、

「そういえば、書物で読んだことがあったかもしれませぬな」

と、取り繕った。

「その刀は、清盛公の父親である忠盛公から、お子の頼盛公――清盛公とは腹違いで、都落ちの際にも平家一門と行を共にしなかった方ですが、そちらへ受け継がれ

たようです。しかし、この刀もどういう経緯をたどったものか、足利将軍家に伝わったとか。その後、戦乱のどさくさにまぎれて、古道具屋の手に渡ってしまい、今は行方知れずと聞き及びます」

そこまで語り、貞衡は溜息を一つ漏らした。

「小烏丸もそのような運命をたどっては、あまりに哀れ。平家重代の刀が泣くというものです。何とか、それがしの手に取り戻し、我が屋敷のしかるべき場所へ家宝として飾ってやりたいと思っているのですが、生憎――」

貞衡はもう一つ溜息を漏らし、刀の話は終わりとなった。

それから、互いに身辺に気を付けようと言い合い、竜晴と貞衡は天海のもとを辞去した。抜丸も竜晴の後に続く。

「では、貴殿のもとにいるカラスが飛び立てるようになったら、それがしにも知らせてくだされ」

自分は寛永寺へ足を運ぶことが多いので、天海に伝えてくれればいいと、貞衡は告げた。

「よろしければ、貴殿の神社へアサマを連れてお邪魔したいのだが、いかがかな。

アサマはそれがしや三郎兵衛の言いつけをしっかり守る鷹ゆえ、カラスを襲ったりはいたしませぬ」

明るい声で言う貞衡と、寛永寺の門前で別れた後、竜晴と抜丸は小烏神社へ向けて歩き出した。少し行き、周りに人がいなくなったところで、

「あの方、本当に鷹を連れてくるつもりなんでしょうか」

抜丸が少し険を含んだ声で言い出した。

「小烏丸が嫌がったり、脅えたりしませんかね」

「まあ、鷹に襲われた時のことは覚えていないと言うし、脅えることはないと思うが……」

大丈夫だろうという調子で竜晴は応じたが、抜丸は無言のままである。

「もしかして、お前は鷹が嫌いなのか」

竜晴は思い当たって尋ねてみた。抜丸は無言を通したが、それは嫌いだと認めているようなものである。

「蛇と鷹は相性がよくないそうだからな」

「蛇と鷹が争っていたところ、鷹を助けた愚かな男の伝承もあります」

大真面目に言う抜丸に、竜晴はその話を聞かせてくれと頼んだ。分かりましたと答えて、抜丸は語り始める。

それは、伊予国に伝わるという話であった。

「昔、とある山中で、大蛇と鷹が死闘をくり広げておりました。互角の戦いだったのですが、やがて大蛇が優勢になり、いよいよ鷹を丸呑みにしようとしていたんです。そこへ、人間の男が通りかかりまして、愚かしくも鷹を死なせるのを惜しいと考えました。そこで蛇に攻撃をしましたところ、蛇は鷹を吐き出したので、鷹は既のところで一命を取り留めまして、ふらふらと飛び立って行ったのでございます」

ところが、獲物を奪われた大蛇は、その人間の男に向かって毒を吐き、男はその毒のために床に就いてしまう。

看病する者もなく苦しんでいた男のもとへ、ある時、美しい女がやって来た。女は甲斐甲斐しく男の世話をするのだが、具合はいっこうによくならない。

すると、一人の回国僧がやって来て、「鷹の卵を食べさせなければ、この病人は治らないぞ」と、言い出した。そこで、女はしぶしぶ、崖に立つ松の木の鷹の巣へ卵を取りに行く。

「その時、女は大蛇に変身いたしました。するすると松の木を登っていき、卵を呑み込んだちょうどその時、夜明けとなって朝日が降り注いだのでございます。同時に、回国僧はいつかの鷹に変身しまして、大蛇に襲いかかりました。山中での死闘の続きがここにくり広げられたのでございます。しかし、哀れなことに、大蛇は鷹の卵を喉に入れておりましたので、毒を吐くことができません。これこそが、狡猾(こうかつ)な鷹めの罠(わな)だったのでございます。気の毒な蛇は鷹の攻撃にやられ、崖の下へと落ちて行ってしまいました。こうして、女に化けた大蛇の報復は失敗に終わり、体から毒が抜けた男は助かったのだそうでございます」

大蛇は女に化けて報復しようとし、鷹は僧に化けて男に恩返しをした、という抜丸の話はここで終わった。

「なるほど。お前としては面白くない言い伝えだな」

竜晴の言葉に、抜丸は憤然とした様子で大きくうなずく。

「まったくです。この話で悪いのは、余計なことをした人間の男ですのに、まるで蛇が悪者のように扱われて……」

「まあ、そう怒るな。お前はアサマとやらが来る時には、人型になっていれば問題ないだろう」

竜晴が慰めるように言うと、

「はい。絶対に鷹の前には、蛇の姿は見せません」

抜丸は決然とした口ぶりで答えた。

三

抜丸の話が終わってほんの少し進むと、小鳥神社の鳥居が見えてきた。

鳥居のところで待ち構えていたらしい人物が、竜晴の姿を見つけ、駆け寄ってくる。

「竜晴先生」

「おきいさんか」

竜晴は目の前に立つおきいをしげしげと見つめた。その手には梅雨葵の花が握られている。

「また、梅雨葵を届けてくれたのですか」

「はい」

　おきいは上目遣いで竜晴をじっと見つめながら答えた。黒目がちの瞳が濡れたように光っており、少女とも思えぬ艶っぽさがあった。

「ならば、中へ入っていればよかったのに。もしかしたら、泰山が来ていたかもしれませんが」

「中には入らせていただきました。泰山先生ともお会いいたしました」

「では、泰山は中に？」

　竜晴が尋ねると、「はい」とおきいは答えた。

「それなら、どうして中で待っていなかったのですか。こんなところに立っていては疲れるでしょう」

「案じてくださってありがとうございます」

　おきいは少し目を伏せると、嬉しそうな声で礼を述べた。が、「でも……」と言葉を続けた時、その声は不安そうに揺れている。

「あたし、中には、いられなかったんです」

　おきいは目を伏せたまま、悲しげに言った。

「どういう意味ですか」

「……その、泰山先生と二人だけでいるのは、ちょっと」

とだけ言い、おきいは身をよじるようにしながら、さらに深くうつむいてしまう。

「おきいさんは、泰山のことが嫌いなのですか」

「そうは言ってません」

竜晴のはっきりした物言いに対し、おきいはむきになった様子で言い返した。

「嫌いでないというのなら、どうして中でお待ちにならないのです？」

「ですから、それは――」

おきいはどうして分かってもらえないのかと、訴えかけるような眼差しで竜晴を見つめる。しかし、竜晴がいっこうに何も言わず、表情を変えもしないので、あきらめたように息を吐くと、自ら口を開いた。

「泰山先生がおかしな目で、あたしを見るんです」

「おかしな目？」

竜晴は首をかしげた。

「それは、いったいどのような？」

「ですからー」

おきいは甘えた声で不自然なふうに語尾を伸ばし、一歩、竜晴の方に近付いた。

「竜晴先生だって、お分かりになるでしょう？　男の人が目当ての女を射止めようとする時の目のことです」

「……ああ」

と、竜晴はようやく合点のいった声を出した。すると、おきいは竜晴の着物の袖をそっとつかんできた。

「あたし、泰山先生からそういう目で見られると、寒気がしてくるんです」

さも嫌そうに、おきいは顔をしかめてみせた。

「でも、竜晴先生ならいいの」

おきいは竜晴の袖をつかんだまま、そっと背伸びをする。その分だけ、おきいの顔が竜晴に迫ってくる。

「毎日、花を届けに来たあたしの想い、竜晴先生も気づいておいででしょう？」

竜晴は否とは言わなかった。ただ、無言で間近にあるおきいの顔を見つめ続けた。ほのかに上気した頰が輝くように色づいている。

おきぃの使っている白粉の香りに、かすかに甘い梅雨葵の香りが混じると、不思議なくらい濃厚な香りとなって、竜晴の鼻をかすめていった。その時、

「竜晴さまから離れろ！」

突然、鋭い声が辺りに響き渡った。その直後、鳥居のそばの低木の茂みが揺れ動き、そこから大輔が現れた。

「大輔殿？」

竜晴が声を上げる。

おきぃは初め驚きの表情を浮かべていたが、やがて、それは怒りへと変わっていった。

「確か、氏子の子ね。花枝お姉さまの弟の……」

おきぃが思い出したように呟くと、それが終わらぬうちに、

「大輔だっ」

と、大輔が怒鳴った。

「嫌だわ。そこの茂みに隠れて、いったい何をしていたの？」

おきぃが咎めるような調子で尋ねた。

「別に隠れてなんかいねえ。鳥居のとこにはあんたがいたから、避けただけだ」

「では、大輔殿は何をしていたのだ」

竜晴が穏やかな調子の声で尋ねると、

「別に。竜晴さまを待ってただけだよ」

大輔はふて腐れたように答えた。

「今日は、花枝殿は一緒ではないのか」

竜晴が尋ねると、大輔は少し顔をほころばせ、

「ああ、今日は一人だけど。姉ちゃんが一緒の方がよかったか？」

と、続けて問うた。しかし、竜晴がそれに答えるより先に、

「隠れていたのでなくても、そこにいれば、今のあたしたちのやり取り、聞こえていたんでしょう？」

と、おきいが二人の会話に割り込んできた。

「それって、盗み聞きしたも同じことですよね」

おきいの言葉に、大輔はいきり立つ。

「人の盗み聞きをとやかく言う前に、お前は嘘吐きをどうにかしやがれ」

「ひどいわ。あたしのこと、嘘吐き呼ばわりするなんて」

おきいが竜晴に目を向け、訴えかけるように言った。

「黙りやがれ。大体、泰山先生がそんな目でお前を見るはずがねえんだ」

大輔が言うと、おきいはふんっと鼻を鳴らした。

「子供には分からないのよ」

「お前だって子供だろうが」

大輔が声高に言い返した。

「まあ、二人とも。互いの言い分をぶつけ合っているだけでは、何にもならない」

竜晴が二人の間に割って入ると、四つの目が竜晴に向けられた。

「じゃあ、竜晴さまはどう思うんだ？　こいつと俺と、どっちの言い分が正しいと思うのか、聞かせてくれよ」

大輔が挑むような調子で言うと、おきいもその言葉には賛成を示した。

「あたしもお聞きしたいです。あたしを嘘吐きと思っているのかどうか、竜晴先生のお口から聞かせてください」

「嘘を吐くというのでなくても、人は勘違いをする」

と、竜晴は言った。

「じゃあ、あたしが勘違いをしたっておっしゃるんですか」

おきいが目を剝いて訊き返した。

「そう決めつけているわけではない。そもそも、その場にいなかった私には、確かめようがない」

竜晴は淡々と答えた。

「俺は正解が聞きたいわけじゃないんだ。竜晴さまがどう思っているか、そこを聞かせてほしいんだよ」

大輔が声を張り上げて言った。

「竜晴さまは泰山先生のこと、よく知ってるだろ。あの泰山先生が本当にこの女の言うようなことをしたと思うのか、そこんところを聞かせてくれ」

「私は確かに泰山のことをよく知っているが、あくまでそれは私が見ている泰山の姿だ。私以外の人の前で、泰山がどう振る舞うかは分からないし、興味もないから考えたこともない。だから、答えようもないのだ」

竜晴が相変わらずの調子で答えると、大輔はがっかりしたように肩を落とした。

おきいもまた、悄然とした様子で黙り込んでしまう。そんな二人の様子をまったく気にかけるそぶりも見せず、

「では、今度は私から大輔殿に尋ねたいのだが」

と、竜晴は切り出した。

「どうして、大輔殿はこうもおきいさんを目の敵のように扱うのだ？」

「別に、そんなつもりは……」

大輔はきまり悪そうに、竜晴から目をそらした。

「そもそも、二人が顔を合わせたのはつい昨日のこと。無論、人には馬が合わないということがあるから、初対面の時から気に食わないということはあるだろう。しかし、それを踏まえてみても、どうも腑に落ちない。少なくとも、私の知るいつもの大輔殿とは違う気がする。私の知らぬところで、おきいさんが大輔殿に何かしたのだろうか」

「あたし、何もしていません！」

おきいが心外だという様子で叫ぶように言った。

「確かに……その人は、俺には何もしてねえよ」

大輔は顔を背けたまま答えた。

「では、他の人に何かしたとでも？」

竜晴がさらに尋ねると、大輔は無言のままであった。竜晴がおきいを見つめると、おきいはとんでもないと首を大きく横に振る。

「あたし、他の人にだって何もしていません。花枝お姉さまにも泰山先生にも、竜晴先生にも」

大輔は奥歯を嚙み締めるような表情をしていた。何か言いたそうに見えるが、その口は結局開かなかった。

「あ、大輔殿」

大輔は一言の挨拶もなく、そのまま駆け出して行った。竜晴の呼び止める声にも、足を止める様子はない。

「おかしな子」

おきいが嫌みたっぷりに言い捨てると、

「これ、竜晴先生に」

と、竜晴に梅雨葵の花を差し出した。

「また、明日も来ます」

最後は笑顔を浮かべて、おきぃは言うと、小走りで去って行った。

竜晴は梅雨葵を手にしたまま、しばらくの間、思案するようにその場に立ち尽くしていた。

大輔は家に帰ると、店のある表口ではなく、母屋に通じる裏庭へと向かった。花枝と出くわしたのは、その裏庭へ続く枝折戸(しおりど)を開けた時のことである。

「あら、大輔。探してたのよ」

花枝はいつもの調子で声をかけてきた。

「宮司さまのところへご挨拶に行こうと思うんだけど、あんたも一緒に行くでしょう？」

大輔が今の今まで小鳥神社にいたとは思いもしない様子で、花枝は訊いた。大輔は返事をせず、花枝の脇を通り過ぎようとする。

「何、無視してるのよ。人から話しかけられたら、ちゃんと返事をしなさい」

花枝は大輔の手首をつかんで言った。

「行きたいなら、勝手に行けばいいだろ」

大輔は花枝の手を振り払って叫び返した。

「大体、姉ちゃんは今朝だって、竜晴さまんとこへ、そこの花、届けに行ったんだろ」

大輔は庭の端に群れて咲いている梅雨葵を指さしながら言う。

「だったら、どうだって言うのよ」

「だから、そんなに竜晴さまのところへ行きたいなら、勝手に行けばいいだろって言ってんだよ」

「変な子ね。あんただって、いつも宮司さまのところに行きたがるのに」

花枝は首をかしげた。

「別に行きたかねえよ」

大輔は花枝から目をそらして言い捨てた。

「ちょっと、その言い草は宮司さまに対して失礼でしょう？」

「竜晴さまがどうこういうんじゃねえよ。あの神社には、いけ好かない女が来てるから行きたくねえんだよ」

大輔が言うと、花枝は急に暗い目つきになり、押し黙ってしまう。

「姉ちゃんだって、あの女のこと、気に食わねえって思ってんだろ」

「わ、私は別に……」

「嘘だね。竜晴さまにべたべたしやがってって、心の中じゃ思ってるくせに」

「そんなふうに思ってはいないわ。そりゃあ、あんまりきれいな子だから、心が騒いだのは事実だけれど……」

大輔はもう何も言わず、母屋の方へ歩き出してしまった。花枝も声をかけはしなかった。

一度も振り返ることなく大輔が行ってしまってからも、花枝はその場に立ち尽くしていた。

大輔が言う通り、小烏神社にはおきいが来ているのかもしれない。神社へ行けば、あのおきいが竜晴の前で、屈託なく振る舞うありさまを見せられるのかと思うと、正直、心は沈んだ。

そして、大輔からも冷たく断られた今、小烏神社へ行こうという気持ちはすっかり消え失せてしまっていた。

四章　言わぬが花

一

「今日で七日目」

五月二十一日の朝、花枝は小鳥神社の鳥居から少し離れたところで様子を見守りつつ、人通りが途絶えたのを機に急いで梅雨葵の花を置くと、すぐに引き返した。そのまま後ろを振り返ることなく、小鳥神社からできるだけ遠のく。

しばらくして足を止め、こわごわ振り返ると、誰も追ってくる気配はなかった。どうやら、今日も誰にも気づかれることなく、梅雨葵の花を神さまにお届けすることができたようだ。

大輔に知られたのは予想の外だったたし、自分の行為がなぜか他の人のしたことになっていたのは心外だったが、それよりも竜晴に悟られずやり遂げたことの方が大事だった。

　昨日、大輔と言い争いをしてしまった時には、悔しいより悲しい気持ちの方が先に立ち、正直、このおまじないをやめてしまおうかと思わぬでもなかった。

　そもそも、ゆかりの神社に七日間お供えものをして、願掛けをするおまじないを、おきいが知っていること自体は不思議ではない。また、竜晴にお祓いをしてもらったというおきいが、願掛けをするのに小烏神社を選んだ事情も理解できる。

　しかし、お供えするものが同じ梅雨葵の花、という偶然まで重なるだろうか。

　いや、もしかしたら、花枝がお供えした梅雨葵を見かけ、おきいは真似をしただけなのかもしれない。だが、おきいは自分が届けたと、皆の前で堂々と披露していた。ならば、おきいの願掛けにまつわる人間は、あの中にはいなかったことになる。

　ただ、どちらにしても、花枝自身が毎日届けている梅雨葵の花がどうなってしまったのかは、気にならないわけでもなかった。

　竜晴が何も言わなかったということは、自分の花もおきいが届けたことになってしまっているのか。それとも、竜晴の目に触れる前に、捨てられてしまったということなのか。

そう想像するとつらかったし、花枝が何も言わないことで、大輔が不満を抱いているのも分かる。

心根のまっすぐな大輔は、自分と関わりなくても、曲がったことや間違ったことを見過ごせないのだ。

弟を傷つけてまで、しなければならぬ願掛けではないのだが、それでも六日間続けたものをここでやめてしまうのはあまりに残念だった。それで、花枝は最後の日となる今朝、七本目の梅雨葵の花を届けたのである。

あとは、願いが叶うのをひそかに待つだけ。

そうなれば、竜晴はきっと喜ぶ、いや、和やかな気持ちになれるだろう。

(私はただ、あの方が少しでもお笑いになるお顔が見たいだけ)

竜晴が心の赴くままに声を上げて笑う姿など、見たこともなければ、想像することもできない。初めて会ったその時、まるできれいなお面のようだと思った竜晴の顔が脳裡によみがえってくる。

(私はあの日からずっと、あの方の晴れやかに笑うお顔を見たいと思い続けてきた……)

今では遠い過去と思える、竜晴に初めて出会った日。

家へ帰る道すがら、花枝はその時の出来事をひそかに思い返していた。

花枝が竜晴を初めて見たのは、父に連れられ、小烏神社を訪ねた時のことであった。花枝は六つで、竜晴は十歳。この時、竜晴はすでに小烏神社の宮司であった。十歳の宮司がふつうなのか、そうでないのか、花枝にはよく分からなかったが、その少年が生まれてすぐに母親を、七つの時に父親を亡くしたという話を聞き、花枝は胸を痛めた。

「竜晴さまはとても賢く、しっかりしておられる。初めてお会いしたのは、竜晴さまが七つの時だが、今のお前と一つ違いとはとても思えなかった。我々大人と、立派に話をすることができたのだからな」

父は花枝にそう告げた。

「ふうん。じゃあ、大人の人と同じに思って、お話しすればいいのね」

父は花枝のことを、まだまだ子供と思っているようだが、花枝自身はそう考えてはいなかった。というのも、花枝はいっぱしに大人と会話をすることが大好きだったからだ。

相手には事欠かなかった。父が営む旅籠屋の客たちが、花枝の話し相手になってくれたからである。

大人たちを相手にしていると、自分も一人前に扱われた気がして、花枝は嬉しかった。

そんなある日、上方からやって来た客の一人が、居合わせた他の客を相手に、面白い話を披露しており、花枝もその輪に加わって話を聞いた。

それは、京のとある大店（おおだな）の若旦那が病に倒れて寝込んでしまった、というところから始まる。親は医者に診せるが原因が分からず、手のほどこしようがない、放っておけば死ぬと言われてしまった。

そこへ、若旦那の幼なじみが現れる。若旦那の両親から「倅の話を聞いてやってくれ」と頼まれた幼なじみは、若旦那の枕元へ赴いた。若旦那はお前にだけ話すのだと、か細い声で語り出す。

少し前、清水寺へお参りをした時、その近くの茶屋で美しい娘に出くわした。娘が席を立った時、茶袱紗を落としたので、若旦那は拾って娘に届けたという。すると、娘はそっと短冊を手渡してきた。そこには、「瀬をはやみ岩にせかるる滝川の」と和歌の上の句だけがしたためられていた。

これは、崇徳院のお作りになった歌で、下の句は「われても末に逢はむとぞ思ふ」。

歌の意味は「流れの早い浅瀬で、岩によって二手に分かれた川の流れが再び一つになるように、一度お別れしても、またあなたにお逢いしようと思います」というもの。

つまり、娘はこの上の句を示すことで、「また若旦那にお目にかかりたい」と胸の内を伝えたのである。

その意図に気づき、若旦那もまた、娘を恋しく思い始めるのだが、二人は名乗り合わずに別れてしまったので、娘がどこの誰か分からず、恋煩いにかかってしまったのだった。

そうと知った若旦那の親は、その幼なじみの男に礼金を弾むから、とにかくその娘を探し出してきてくれと頼む。しかし、町中をただ闇雲に探し回るだけなので、いっこうに見つからない。すると、男の妻が「人の集まりそうなところで、『瀬をはやみ』と大声でお歌いやす」と知恵を授けた。

そこで、男は湯屋と床屋を何軒もめぐり歩いたのだが、それでも見つからない。疲れ果てて、ある床屋へ入ったところ、そこの客の一人が「ある大店のお嬢はんが恋煩いで寝込んではる」と話していた。

「清水寺近くの茶屋で茶袱紗を拾ってくれはった若旦那に、『瀬をはやみ』の上の句を書いて渡したが、どこの誰や分からへん。お嬢はんの親御はんは、その若旦那を見つけ出してくれたら、大金を払うと言わはるんで、あてはこれから遠方へ出向くところや」

話を聞いた幼なじみの男は「目当てのお嬢はんやっ！」とばかり、その客につかみかかった。

事情を知った客の方も「このまま旅に出てしまうところやった」と言って、昂奮しきり。しかし、互いに自分がもらう礼金のことが頭にあるので、「若旦那の店へ来い」「お嬢はんの店が先や」とつかみ合ったまま、互いに譲らない。そうするうち、床屋の鏡をはずみで割ってしまった。

床屋の主人が「どないしてくれる」と怒鳴る。すると、男は答えた。

「大丈夫。『割れても末に買はむとぞ思ふ』」

——その言葉を最後に、客の男が話し終えると、輪になって聞いていた者たちは皆、どっと大声で笑い出し、やんややんやとはやし立てた。

その中で、花枝一人は周りの者たちの顔を見ながら、首をかしげていた。

話の筋は大体分かったように自分では思えていたが、どこがそんなに面白いのかは分からなかったのだ。そんな花枝の様子を見て、

「お嬢ちゃんにはまだ早かったんや」

と、話し手の男は言った。

しかし、ここまで皆が笑うのであれば、この話は大人にとって面白いのだろうと、花枝は思った。

もう一度聞かせてほしいと話し手の男に頼み込み、この話を大方覚えた花枝は、次の日の宿泊客を相手に同じ話を聞かせてみた。

これが、思いがけない成功を収めた。

こましゃくれた花枝の語りが受けに受け、話の落ちも見事についているというので、客たちに大好評だったのである。

(宮司さまにもこの話をしてあげよう)

と、花枝はひそかに考えをめぐらした。

花枝より年上で、大人びているという宮司なら、実のところはどこが面白いのかよく分からない花枝と違い、この話を面白がって聞くのではないか。

そう思いながら、小烏神社に出向いた花枝は、

「宮司の賀茂竜晴さまだよ」

と、父から引き合わされた年上の少年を見た時、息も止まりそうなほど驚いた。これまで、大人でも子供でも、あるいは男でも女でも、これほど美しい人を見たことがなかったからである。

「賀茂竜晴といいます」

淡々とした声で相手が挨拶したその時、花枝は初めての恋に落ちた。

あの話に出てきた大店の娘が、若旦那に崇徳院の歌の短冊を渡し、その後、寝込んでしまったという気持ちが何となく分かったような気さえした。

それから、花枝は父が小烏神社へ出向く際、連れて行ってくれとせがむようになり、何度か竜晴と顔を合わせた。

会うたびに、竜晴は礼儀正しく、丁寧な対応で、花枝たち父子を迎えてくれた。そんな態度を、花枝の父は賢く大人びていると評したのだが、それはその通りだと思うものの、花枝には竜晴のことが一風変わっていると見えていた。

抜きん出て美しいというだけではない。それ以外にも、ふつうの子供と違っているところがいくつかあった。

まず、しゃべる声に抑揚がない。そのため、しゃべっている言葉が本心からのものかどうか、何となく疑わしく思えてしまう。

また、声ばかりでなく、表情にも変化がない。笑いもしないが怒ることもなく、不機嫌そうな表情も見せないので、何を考えているのか、よく分からないのだ。

だが、花枝にはひそかに計画していることがあった。あの崇徳院の歌の話をして、竜晴を笑わせるのだ。その時、あの美しい顔はどんなふうに変わるのだろう。期待に胸を膨らませて待つうち、その機会はやって来た。

父と一緒に神社へ出かけたある日、父を含む氏子たちが大人だけの話に熱中し、

子供の竜晴と花枝が置き去りにされてしまったのである。今だわ、とばかり、

「宮司さまにお話ししたいことがあります」

花枝は満を持して切り出した。

「聞いてくださいますか」

花枝が尋ねると、竜晴は無表情で「もちろんです」と答えた。

そこで、花枝は「京のとあるお店の若旦那が……」と得意げに話し始めた。

竜晴は時折うなずきながら、熱心に話を聞いてくれている。表情が変わらないのはいつもの通りだが、それは分かっていたことなので、花枝は気にせずに語り続けた。そして、最後の決めの言葉。

「割れても末に買はむとぞ思ふ」

花枝は意気揚々と言い終えると、いつものように一仕事やり終えた満足感と共に、ふうっと息を吐いた。

いつもなら、この後、わあっと笑い声が沸き起こるところである。

しかし――。

この時、竜晴の口から笑い声は漏れなかった。そして、その整った顔に笑みも浮

かばなかった。

「……ええと、この話、面白くなかったですか」

花枝は今にも泣き出しそうになりながら、竜晴に尋ねた。

「いえ、とても面白かったです」

竜晴は一瞬の迷いもなく答えた。神さまにお仕えする竜晴が嘘を吐くということはあり得ないから、本当のことを言っているのだと、花枝にも分かった。

だが、それならば、どうして竜晴は笑わないのだろう。もしや、邪悪な力によって笑うことを忘れさせられてしまったのか。そういう呪いをかけられているのか。だとしたら、あまりにも気の毒である。

そう思ったらもういけなかった。

花枝はぽろぽろと涙をこぼし始めていた。

それまで話にふけっていた大人たちも、花枝が泣き出したのにはさすがに気づいた。

「どうしたんだね」

花枝の父親が寄ってきて、花枝に問う。父を含む大人たちが、竜晴と花枝を交互に見ながら、困惑した表情を浮かべていた。大人たちの考えそうなことは、花枝にも分かっていた。

(違うの。宮司さまは何も悪くない。花枝が勝手にしゃべって、勝手に泣いてるだけなの)

花枝はそう言おうと思った。しかし、泣きじゃくっているところだったので、すぐに泣きやみ、理由を話し始めることができなかった。すると、

「私がいけないのです」

と、竜晴が言って、花枝の父親に頭を下げた。

「花枝殿が大変一生懸命話してくださいましたのに、私があまり面白くなかったと言ってしまいましたので」

竜晴が続けて言うと、花枝の父親も他の氏子たちも、そういうことかと了解した顔つきになって、やがては笑い出した。花枝の父も苦笑しながら、

「いや、こちらこそ申し訳ありません。竜晴さまは悪くなんかありませんよ。うちの娘が愚かなもので」

と、竜晴に向かって言った。

事実をありのままに話せば、大人たちにはなかなか理解してもらえないだろう、そして、さらに事情を問われた花枝が返事に困るだろう。そう察した竜晴が、とっさに吐いてくれた嘘だと花枝には分かった。

宮司でも嘘を吐くと知ったのは小さな驚きだったが、これは優しい嘘だと理解できた。きっと神さまが許してくださる類のものだということも。

(宮司さまは花枝を庇(かば)って嘘を吐いてくださった)

この時、花枝は心の底から竜晴のことを好きになった。

二

花枝が出かけたのを見届け、十分な間を置いてから、大輔はこっそり家を出た。庭の梅雨葵が今朝も一本、切り取られていることは確かめた。これで七本目。

家の庭先はずいぶんと寂しくなってしまった。この時季、庭を彩ってくれるのは梅雨葵くらいだというのに、それが毎日一本ずつ切り取られるのだから仕方ない。庭の花を育てているのは花枝なのだから、咲いた花をどうしようと勝手だが、願い事の成就のために使っているのなら、せめて姉が報われてほしかった。

花枝のしたことを余所の娘が横取りするのは、やはり許せない。

それに、花枝が届けている梅雨葵の花がどうなっているのか、大輔は気になっていた。

(あのおきいという女が届けている花は、姉ちゃんの花とは別のものだった)

つまり、おきいが花枝の花を横取りして、竜晴に渡しているわけではない。ならば、花枝の花はどうなっているのだろう。

今日は何としても、真相を突き止めてやる。大輔はそう考えて、小烏神社へ向かったのであった。引き返してくる花枝と出くわさないよう、いつもとは違う道をたどって行く。

神社の鳥居が見えてからも、むやみには近付かず、まず花枝の姿がないことを確かめてから、慎重に進んだ。鳥居の下には間違いなく、花枝が置いて行ったと思われる梅雨葵の花がある。花の色もしっかりと区別できるようになった大輔には、それが自分の家の庭に咲いている薄紅色の梅雨葵だとはっきり分かった。

その後、大輔は昨日と同じように低木の茂みに身を潜めた。そこから、梅雨葵の花を見張ることができる。この日は何としても、顚末を見届けるつもりであった。

しばらくは何事もなく、変化があったのは、茂みに隠れて四半刻が経った頃。

おきいが現れたのだ。両手で梅雨葵の花を抱えるように持っている。

その花の色は、鳥居の下に置かれている花より、濃い紅色をしていた。大輔は息を詰めて、徐々に近付いて来るおきいの様子を見守った。

おきいは鳥居の前まで来て、足を止めた。花枝が置いて行った梅雨葵の花をじっと見据えている。

それから、鳥居の下の花を取り上げると、自分が持って来た花と入れ替えた。続けて、花枝の梅雨葵の花を茎からむしり取ると、手の中でぐしゃっと握りつぶした。

「てめえ、何しやがる！」

大輔は身を潜めていたことも忘れ、思わず飛び出していた。

「てめえが毎回、姉ちゃんの花をつぶしていやがったのか」

おきいの目の前に立ちふさがった時、大輔はこの日初めて、おきいの顔を正面から見つめた。

「う、うわっ」

大輔は声を上げた。同時に、心の底から恐怖が込み上げてくる。

「お、鬼か。てめえは……」

怒りと憎しみに染まったおきぃの顔は、鬼女そのもののように、大輔には見えた。その鬼が手を振り上げ、自分に迫って来る。持っているのは梅雨葵の花であるはずなのに、まるで刀を振りかざされたような恐ろしさに、大輔は心をつかまれた。

「うわあっ！」

大輔は力の限りを振り絞って、声を張り上げた。

二十一日の朝は、前夜から再び抜丸が見張りについたこともあってか、蝶の骸が置かれることはなかった。

朝っぱらから無残な死骸を見せられるのは、人でも付喪神でも気の沈むことだったので、竜晴も抜丸もほっとしていた。

「やはり、下手人は抜丸の気配を感じ取っているのだろうな」

竜晴は朝餉を食べ終え、泰山が来るのを待つ間のひと時を過ごしながら、そう呟いていた。

「ただの人ではない、ということですね」

抜丸が神妙な口ぶりで言う。

「物の怪の類、もしくは物に憑かれた人か」

そう言いながら、抜丸の淹れてくれた麦湯の茶碗を竜晴が手にしようとした時であった。

外からただならぬ叫び声が聞こえてきたのである。

「何事だ」

竜晴はすぐに立ち上がると、部屋を飛び出した。人型の抜丸が慌ててその後を追う。

竜晴が鳥居のところまで行くと、そこには人が倒れ込んでいた。

「大輔殿ではないか」

傍らには花をむしり取られた梅雨葵の茎が落ちていたが、他には誰もいない。竜晴は膝をついて、大輔の上半身を抱え起こし、

「何があった」

と、顔をのぞき込むようにして問うた。

大輔は気を失っているわけではなく、目は開いている。しかし、竜晴を見てはおらず、その目は虚空をさまよっているふうであった。

顔色は悪く、体も小刻みに震えている。

「たいそう具合が悪そうですね」

傍らから大輔の様子を見守る抜丸が言った。

「物に憑かれたのかもしれないな」

竜晴はそう呟くと、大輔の額に手を当て、そっと下へずらして目を閉じさせた。

それから、

「簡略ではあるが、祓をしておこう」

と、続けて祓詞（はらえことば）を唱え出した。

「……祓戸（はらえど）の大神（おおかみ）たち、もろもろの禍事（まがこと）、罪、穢れ、あらんをば祓いたまい、清めたまえ」

大輔の顔の上で、何かを追い払うように手を振った後、

「まずは、母屋へ運ぼう。小烏丸とは別の部屋に床を用意してくれ」

と、竜晴は告げた。抜丸がすかさず「はい」と答え、先に立って駆けていく。

竜晴が大輔を家の中へ運び入れた時にはもう、客間に布団が敷かれていた。そこに大輔を寝かせた後、竜晴はもう一度、今度は呪符を用いて祓を行った。

いつものように泰山がやって来たのは、ちょうどそれが終わった時である。驚く泰山に、まずは大輔を診てほしいと、竜晴は頼んだ。泰山はすぐに承知し、一通り診た後、

「顔色はよくないが、熱もなく、息遣いもふつうだ。頭を殴られたり、何かにぶつけたりした痕跡もない。目を覚まして、苦痛を訴えることがなければ、まず問題はないだろう」

と、告げた。

「そうか。ならば、後は意識がはっきりするのを待つしかないな。口を利けるようになれば、何があったのか、大輔殿が自分で話すだろう」

「それまでは動かさない方がいい。私はこれから患者の家を回るから、途中で大輔殿の家へも寄り、このことをお伝えしておこう」

と、泰山が申し出たので、竜晴はよろしく頼むと答えた。

その後、小烏丸の容態を確認し、いつものように薬を処方してから、泰山は小烏

神社を後にした。

「宮司さま。弟がこちらでお世話になっていると聞きまして」

花枝が蒼ざめた顔つきで、小鳥神社へ駆け込んできたのは、泰山が出て行って半刻（約一時間）も経たぬうちのことであった。

まだ大輔は目覚めていない。

竜晴はまず大輔のもとへ花枝を通した後、自分が大輔を発見してからのことをすべて伝えた。

「大輔殿はうちへはよく来てくれますが、たいていは花枝殿とご一緒です。それが今日は一人でした。実は、昨日も一人で来ていたのですが……」

「まあ、昨日も、ですか」

花枝は目を見開いた。

「実は、昨日は鳥居のところで、帰宅した私と、ちょうどそこにいたおきいさんと鉢合わせしたのです」

「えっ、おきいさまとも？」

「はい。おきいさんは鳥居のところで私を待っていたと言っていました」

「では、たまたま宮司さまが帰宅なさったところへ、大輔もやって来たということなのでしょうか」

「いえ。大輔殿は鳥居の横の茂みに潜んでいたようです」

「えっ、どうして？」

「本人は私を待っていたと言っていたが、もしかしたら、おきいさんと顔を合わせるのが嫌だったのかもしれない。その後の様子では、どことなくおきいさんを嫌っているようでしたから」

竜晴は昨日の大輔の様子について、簡単に話した。花枝は黙って聞いていたが、その表情は少しずつ苦しげなものになっていく。

「ただ、私を待っていたと言うわりに、何も話さずに帰ってしまったのです。だから、今日の訪問は、昨日話せなかった用件のためだったかもしれません。花枝殿に心当たりはありませんか」

「……いえ。特には」

花枝は小さく首を振り、竜晴から目をそらした。

「泰山が診たところでは、目が覚めれば大丈夫だろうということでしたから、まずはそれを待つことにいたしましょう」

竜晴の言葉に「……はい」と答えた花枝は、大輔の枕元に膝を進め、その額にそっと手を置いた。

「あの、弟が目覚めるまで、ここにいてもよろしいでしょうか」

花枝の言葉に、「もちろんです」と竜晴は答え、しばらくの間、姉弟二人だけになれるよう、静かに部屋を出て行った。

三

大輔はその後もなかなか目覚めることがなく、昼が過ぎてしまった。花枝は昼餉（ひるげ）も要らないと断り、少し休むようにと竜晴が勧めても、大輔のそばを離れず、付ききりで様子を見守っている。

その後、患者宅を一通り回ってきたという泰山が、再び小鳥神社にやって来たのは昼八つ半頃（午後三時頃）。

まだ目覚めぬ大輔を、泰山が再び診たが、特に変化は見られない。もうしばらく待とうと、竜晴、泰山、花枝の三人で見守っていたところ、ややあってから大輔がうっすらと目を開けた。

「大輔っ」

花枝が声を上げ、大輔の顔をのぞき込んだ。

「私が分かる？」

「ねえ……ちゃん？」

大輔の口からかすれた声が漏れた。

「分かるのね、大輔。よかった……」

花枝が安堵の声で言い、大輔の手を握りしめた。

「俺……」

大輔は起き上がろうとしたが、その途端、顔をしかめると、空いている方の手で頭を押さえた。

「ちょっと私に診せてください」

泰山がすかさず言い、花枝はすぐに後ろへ下がった。

「大輔殿、頭が痛むのか」

泰山が大輔の額に手を当てて尋ねた。

「う……ん。少し」

大輔は苦しげに答える。

「他に痛むところや、いつもと違うように感じるところはないか」

泰山の問いに対し、大輔は少し間を置いた後、何もないと答えた。

「けど、頭が少しぼうっとする」

「そうか」

泰山はその後、脈の様子を確かめたが、異常はないだろうと述べた。

「ここは……」

大輔は目をあちこちへ動かしながら尋ねた。だが、それだけのことをするだけでもひどく疲れる。

「大輔殿」

その時、竜晴が泰山の隣に進み出た。

「……あ、竜晴さま」

「ここは小烏神社だ」

「私が住まいとしている母屋の一室で、泰山と花枝殿に来ていただいた。大輔殿が神社の鳥居のところで倒れていたからだ」

「う……ん」

「俺が……倒れて……？」

「今朝のことだ。私が大輔殿を発見する直前に叫び声が聞こえたのだが、大輔殿のものだったと思う。つまり、倒れる直前に、大輔殿は何か恐ろしいものを見たとか、怖い目に遭ったのではないかと思われるのだが、何か覚えていないだろうか」

「倒れる前……？」

大輔はぼうっとした口調で呟いたが、顔をしかめたまま、首を横に振った。

「何も……分からない」

「では、小鳥神社に何をしに来たのかは覚えているか」

「小鳥神社に……」

大輔はそれだけ呟き、後は考え込む様子で目を閉じてしまった。

「倒れる直前のことは意識がはっきりしていないんだろう。今はあまり頭を使うようなことはさせず、ゆっくり休ませた方がいい」

泰山の言葉に「分かった」と答えた竜晴は、今は無理せず休んでくれと大輔に伝えて引き下がった。

「あの、このまま弟を家へ連れ帰っても大丈夫でしょうか。歩けないでしょうから、駕籠（かご）を使うか、担いでくれる奉公人を家から遣（よこ）すことになるでしょうが」

花枝が心配そうな声で泰山に尋ねる。

「そうですね。頭が痛いと言っているので、駕籠はよした方がよいでしょう」

「では、今から家に戻って、奉公人を連れてまいります」

「花枝殿」

その時、竜晴が口を開いた。

「奉公人の方には仕事がおありでしょう。それに花枝殿のお宅は旅籠。暮れ六つ（午後六時頃）で店じまいというわけではありません。もしご両親がよいとおっしゃるのなら、大輔殿をここでお預かりしてもかまいませんが」

「そうだな。特に看病が必要なわけではないから、人がついていなければならぬこともない。もし竜晴だけでは心配だというのなら、医者の私が大輔殿のそばに付いているようにしてもかまいませんよ」

泰山が竜晴の言葉に賛同した。

「いえ、そんなわけにはまいりません。看病が必要なら私が……」

と、言いかけた花枝の言葉は、

「いや、いくら何でも、それは花枝殿の親御さんが許さないでしょう」

という泰山の言葉に遮（さえぎ）られた。

確かに、独り身の竜晴のもとに、嫁入り前の娘を泊めることを、花枝の親が許すはずはなかった。花枝は自分の言い出したことの無鉄砲さに気づき、うつむいた。

「俺……ここにいたい」

その時、大輔がうっすらと目を開けて言い出した。

「姉ちゃん、お父（とっ）つぁんたちにそう言って……くれよ」

「ここにいたいだなんて、勝手なことを……」

と、花枝は恐縮するように呟く。

「いや、花枝殿。勝手な言い草ではありません」

泰山が言った。

「前にも、具合を悪くした三河屋の千吉が、しばらくこちらで世話になっていたが、不思議とここに長くいたがったのです。体の調子のよくない者はこの神社にいると、心地よく感じるのでしょうな。千吉の世話のため、ここに寝泊まりしていた私も、少しばかり同じような気持ちになりました」

「神社はもともと、よい気の集まった場所に建てられるものですからね」

そう告げた竜晴に、花枝はすがるような目を向け、「本当にかまわないのでしょうか」と遠慮がちに尋ねた。

「花枝殿も大輔殿もこの神社の氏子なのですから、そんな遠慮はご無用です。親御さんがよいとおっしゃるのであれば、大輔殿をお預かりしますよ」

その返事を受け、ほっと息を吐いた花枝は、

「では、ひとまず家へ戻って、このことを知らせてまいります」

と、竜晴たちに頭を下げた。

その間、泰山は気分を落ち着かせるのに効き目があると言って、蓬(よもぎ)の茶を淹れ、大輔に勧めた。

「これは、もともと小烏神社に生えていたものなんだ」

と、泰山は告げた。

神社の氏子でもない泰山が竜晴と知り合ったきっかけが、この小烏神社に生えていた蓬である。薬として使う蓬を分けてほしいと、泰山が申し出たことから付き合いが始まり、その後、泰山は神社の敷地に薬草畑を拵えるまでになった。

蓬が勢いよく生えていた以前の面影はすでにないが、今も神社の敷地内には蓬が生えていたし、泰山はそれも採取している。

「蓬は血止めとして切り傷の手当てに使うだけでなく、こうして飲めば、心を落ち着かせることができる。この香りのよさがその効き目を高めているのだ。団子や餅に入れて食べるのももちろんいい」

そんな蘊蓄を語りながら、泰山は起き上がった大輔に蓬茶を飲ませた。

大輔も温かい茶をゆっくり飲むうち、だいぶ穏やかな表情になってきた。

「腹が減ってはいないか。食べられるなら、少し口に入れた方がいいと思うが」

泰山が尋ねると、大輔は首を横に振った。

「腹は減ってない。ちょっと竜晴さまに相談したいことがあるんだけど」

大輔の目は気がかりそうに揺れている。その目を向けられ、竜晴は膝を進めた。

「それは、今でなければいけないのか」

「う……ん。急ぎってわけじゃないけど」

大輔は歯切れの悪い口ぶりになって呟くように言った。

「倒れる前のことを思い出したということか」

さらに尋ねると、そちらはまだ何も思い出せないと言う。

今の大輔と深刻な話をしてもよいものかどうか、問う眼差しを、竜晴は泰山に送った。

「大輔殿自身が気にかけているようだから、今聞いてやった方が本人のためにもいいだろう。だがな、大輔殿。あまり長話はだめだ」

泰山は竜晴から大輔に目を移して言うと、自分は薬草畑の様子を見てくると言って、部屋を後にした。

「さて」

泰山が出て行ってしまうと、竜晴は大輔のすぐそばへ場所を移した。

「俺、相談っていうより、竜晴さまにどうしても知ってもらいたいことがあるんだけど……」

大輔は竜晴にじっと目を当て、おもむろに切り出した。しかし、いざ話を始めるとなると、なかなか踏ん切りがつかないようで、先の言葉は続かない。

「そんなに話したいと大輔殿は思っているのに、何か言うことのできない事情があるようだな」

竜晴が大輔の悩みを察して尋ねると、大輔はすがるような目で竜晴を見つめた。

「ある人から言わないでほしいって言われてることがあって……。でも、俺が竜晴さまに話したいのもそのことなんだ」

「なるほど」

大輔の真剣な眼差しに、竜晴はうなずき返した。

「話すべきか、黙っているべきか、それはその人の頼みがどういった類のものかによるだろう。それを踏まえた上で、大輔殿自身が決めればよいと私は思う」

「でも、俺、決められなくて。どうすればいいか、それをまず竜晴さまに相談したかったんだけど。こんな言い方しかできないんじゃ、伝わらないか」

大輔は沈んだ声で呟くと、うつむいてしまった。

「確かに、大輔殿が話すのを躊躇っている中身までは、分からない。しかし、どうすればよいか、共に考えてみよう。まず、その人が悪事を働き、それを黙っていてほしいと言っているのであれば、大輔殿の良心に従い、話せばよいと私は思う」

「悪事ってわけじゃ……ない」

　大輔は小さな声で答えた。

「ならば、そのことを私が知らないでいることにより、私を含む誰かが害を被ることになり、大輔殿はそれを案じているのだろうか」

　竜晴の問いかけに対し、大輔は少し考えた後、それは知らないと答えた。

「では、これが最後の問いかけだが、大輔殿に口止めをした人物は黙っていることで、困ったり苦しんだりしているのか」

「困ってはいないかもしれないけど、苦しんでいるんじゃないか……とは思う」

　大輔は慎重な口ぶりで答えた。

「苦しんでいるにもかかわらず、その人は黙っていてほしいと言った。その理由を大輔殿は知っているのか」

「ぜんぶじゃないけど、ちょっとは知ってる」

「その理由に、大輔殿は納得できたのか」

「……まあ、一応は」

「では、大輔殿が話す必要はないと、私は思う」

「本当に？」

大輔は身を乗り出すようにして尋ねた。

「ああ。まず、その人の秘密とは悪事に関わるものではなく、それによって誰かが害を被ると決まったわけでもない。秘密にし続けることで、その人は苦しんでいるかもしれないが、それは本人の望んでいることでもある。つまり、自分の苦しみよりもずっと大切な何かを守っているのだ。大輔殿がその人の大切な何かを壊すようなことになってはいけないだろう」

「それは確かに……」

「今はもうしばらく様子を見るということにしてはどうか」

竜晴が穏やかな声で言うと、大輔は「分かった」と素直にうなずいた。その大輔に再び横になるよう勧めた竜晴は、大輔が布団に入るのを待ってから、

「大輔殿は『言わぬが花』という言葉を聞いたことがあるか」

と、静かな声で尋ねた。

「あるような気もするけど……」

大輔があいまいな返事をすると、

「世の中には、口に出してしまうことで、たちまちつまらなくなったり、面白みがなくなってしまうことがある。だから、何もかもしゃべってしまうのではなく、時には口をつぐんでいる方がよいという意味だ」

と、竜晴は説明した。

「う……ん」

大輔は小さくうなずいた。

「おそらく、今、大輔殿が話した人の秘密とは、悪意によるものではなく美しい心に基づくものなのだろう。ならば、心配は要らない」

今度は声は出さず、大輔は黙ってうなずいた。心配は要らないと言われたら、急に眠気に襲われたようであった。重くなってきた瞼（まぶた）を開けていることができず、大輔はそのまま目を閉じてしまった。

五章　烏と鷹

一

大輔のことを伝えに家へ帰った花枝は、その後、母親を伴って小鳥神社へ引き返してきた。その時、大輔は眠っていたが、

「宮司さまがよろしいのであれば、しばらく倅をこのまま動かさないでやってくださると助かります」

と、母親は頭を下げた。

「もちろんかまいません。大輔殿自身がここにいたいと言っておられましたし、よくない物に憑かれた恐れもありますから、きちんとお祓いもしておきましょう」

という竜晴の言葉を受け、母親は「よろしくお頼み申します」と再び頭を下げた。

「今晩だけでなく、大輔殿が帰ると言い出すまで、ここにいてくださってかまいま

せん。幸い、うちには毎日、医者の立花泰山殿が来られますので、大輔殿も診ていただくことができますし」

「恐れ入ります。明日連れ帰るにしろ、そのままお世話になるにしろ、昼の間は花枝をこちらへ参らせますし、宮司さまを含めお食事のお世話は、すべて花枝にやらせてください」

母親の傍らで、花枝が「お願いいたします」と続けて言った。

「無論、花枝殿がいてくだされば、大輔殿も心強いだろうが、食事の世話までさせるわけには……」

と、竜晴は恐縮したが、母親と花枝はこれ以上の迷惑をかけるわけにはいかないと言い張った。

「主人はただ今は仕事で手が離せず、失礼をいたしましたが、また改めてご挨拶に伺いますので」

何度も頭を下げた上で、母親は花枝を残し、帰って行った。

やがて、夕方近くになってから目覚めた大輔は、寝ている間に母親が来たこと、今晩は小烏神社に泊まらせてもらい、その後は様子を見ながら判断するということを伝えられた。

「日が暮れたら、私は帰ってしまうけれど、宮司さまにあまりご迷惑をかけないようにね」

花枝は心配そうな表情で大輔に告げたが、大輔は大丈夫だと答えた。倒れる直前のことは相変わらず思い出せなかったが、竜晴に胸の内をさらしたことで気持ちはすっきりしていたし、眠ったことで体力も回復していた。

「俺は大丈夫だよ。それに、ここにいると、本当に具合がよくなっていく気がするんだ」

大輔はすっきりした表情で言い返し、その後、花枝が作ってくれた粥を食べた。

花枝は竜晴の夕餉の支度を調えてから、明日また来ると言って家へ帰って行った。

その後、大輔は竜晴から家の中の間取りを教えられ、大輔が寝ているのはふだんの客間だということ、向かいの部屋には怪我をしたカラスが寝ており、泰山の治療を受けているということを伝えられた。

「ああ、怪我をしたカラスがいるって話は聞いてたけど、本当だったんだね」

妙な話だと思ってはいたが、そのカラスを間近に見たわけではなかったので、これまでは聞き流していたのだ。

「うむ。怪我をしたのは上野の山でのことなんだが、くれぐれもしっかり養生させてやってくれと、寛永寺の天海大僧正さまより言われているのだ。大僧正さまは公方さまの信任厚い立派なお方でいらっしゃる。そのお方のご意向に逆らうことはできないということ、大輔殿にも分かるな」

「うん」

竜晴から大真面目な口ぶりで言われ、大輔は慎重にうなずいた。

「部屋をのぞくなとは言わないが、くれぐれもいたずら心からカラスに手を出したり、間違ってもいじめたりなどということをしてはいけない。それは、大僧正さまのお怒りを買い、ひいては公方さまの面子（メンツ）を汚すことだと思った方がよいだろう」

「うん。俺、絶対にあっちの部屋には立ち入らないよ」

大輔は真剣な口ぶりで言った。

「まあ、治療に当たっている泰山の話によれば、傷はもうほとんど治っており、間もなく飛び立てるということだ」

「泰山先生は、人だけじゃなくてカラスの治療もできるんだね」

大輔が感心して言うと、竜晴はほんの少し口もとをほころばせた。いつもあまり表情を変えない竜晴でも、そんなふうに微笑むことがあるのだと、大輔は思った。

大輔が倒れて小烏神社に泊まることになった二十一日の晩、小烏丸自身も竜晴からそろそろ飛び立つことができそうだと告げられた。生憎なことに梅雨はまだ明けそうにないが、雨の合間を縫って空に放ってみようと、泰山との間で話が進んでいるという。

「ようやく空を飛べるのか。待ち遠しいことだ」

小烏丸は喜びの声を上げた。

「あまり大きな声を出すな。今夜は大輔殿がいる」

竜晴はいつもより潜めた声で言う。

「しかし、我の声はカラスの鳴き声にしか聞こえないのだろう？」

「それはそうだが、大声で鳴いていれば妙だと思うだろう」

「分かった、気を付けよう」

小烏丸は神妙な様子で答えた。

「実は、お前の怪我が治って飛び立てるようになったら、神社へ来たいと言っている御仁がいる」

竜晴は小声のまま続けた。

「ん？　寛永寺の大僧正か」

小烏丸が思いついた人物としてはそのくらいしかいなかったのだが、竜晴は「いや」と首を横に振った。

「お前が傷を負ってまで助けた張本人だ。旗本の伊勢貞衡殿なんだが……」

「ああ……」

小烏丸はすぐにうなずいたものの、伊勢貞衡という男をきちんと知っているわけではない。

ここまでひどい傷を負ったというのに、小烏丸はその直前からの出来事をまったく覚えていなかった。覚えているのは、抜丸とこの神社で留守番をしていたところまでで、抜丸の話によれば、小烏丸は「しだいさまが危ない」と叫ぶなり、空へ飛び上がったということなのだが、そのことも覚えていなかった。

小烏丸自身には「しだいさま」という名に心当たりもない。後になって、「四代」

という幼名を持っていたのは、四百年以上前に存在した平重盛という人物で、かつて太刀の小烏丸はこの人物の持ち物だったということを、抜丸から教えられた。

確かに、自分が平家一門の当主に代々伝えられる太刀だったということは、小烏丸も知識として知っているが、その当時のことは覚えていない。壇ノ浦の合戦で海に沈む前のことは、何一つ記憶していないのだ。

だが、抜丸が聞き間違えたのでないならば、確かに「四代さま」なる人物のために、自分は駆けつけようとしたらしい。本物の四代さまは今の世にいないはずなのに、自分はまっすぐ上野山へ飛んでいき、伊勢貞衡という侍を助けたことになる。

竜晴の推測によれば、伊勢貞衡とは、かつて小烏丸がふらふらとそのあとに付いて寛永寺に入り込んでしまった、あの時の侍かもしれないという。

とにかく、それを確かめるためにも、小烏丸が一度、伊勢貞衡を直に見る必要があった。そして、伊勢貞衡の方もまた、鷹に襲われかけていたところを助けてくれた小烏丸の怪我をたいそう気にかけているそうだ。

「ならば、ここに来てもらえばいい。我もあの時の侍かどうか、確かめたいしな」

小烏丸はそう答えたが、竜晴は一つ問題があると続けた。

「その話が出た時なんだが、伊勢殿は自分が飼っている鷹を一緒に連れて行きたい、とおっしゃっていた。まあ、本当にそうなるかどうかは分からないが」

「鷹……？」

「ああ。伊勢殿を狙い、お前をこんな目に遭わせたのは鷹だ。しかし、伊勢殿自身はさほど鷹を嫌っても恐れてもいないらしい。それどころか、飼っている鷹のことをたいそう自慢げに話していたから、誰彼となく見せびらかしたいのかもしれぬ」

「鷹……か」

　小烏丸は呟いた。その時、

「鷹に襲われたばかりなんだ。お前も鷹なんか嫌いだろう？」

　横から口を挟んできたのは、その場にいた抜丸だった。

　小烏丸はまじまじと人型の抜丸を見つめた。

　今の言葉は、小烏丸を気遣っているようにも聞こえるが、抜丸に限ってそのように殊勝なことはあり得ない。「お前も」と言ったのは口が滑った証であり、つまり、抜丸こそが鷹を嫌いなのだ。

　小烏丸自身は好きも嫌いもなかった。鷹に襲われた時のことは覚えていなかったから気にならない。間近に鷹を見れば、また違うことを思うかもしれないが、今のところは平気だった。

「我は別にかまわないぞ」

小鳥丸は竜晴に告げた。

「そもそも、その侍が連れて来る鷹とは、我を襲った鷹とは別ものなのだろう」

「それは、もちろんだが……」

「なら、かまわない」

「では、伊勢殿にはそう伝えておこう」

竜晴はそう応じた。抜丸は不服そうな表情を浮かべていたが、それ以上は何も言わなかった。

二

翌二十二日の朝も、抜丸が引き続き見張りをしたためか、蝶の骸が置かれることはなかった。その報告を受けた竜晴は、しばらく沈黙していたが、

「おそらく、この先、蝶の骸が置かれることはないと思う」

と、不意に言い出した。事情がすっかり判明したわけではないが、寝ずの番はもうしなくていいと、竜晴は抜丸に言う。ただし、神社内外の見回りは怠らないように、と続ける竜晴に、抜丸は何も訊き返さず、承知しましたと答えた。

そして、この日、泰山はいつもより少し早めに小烏神社にやって来ると、大輔と小烏丸の双方を診た。

「大輔殿はもう起き上がって、動いても問題ないだろう」

と、泰山は言い、大輔は花枝が来るのを待って帰宅することになった。

「倒れる直前の出来事は思い出せたのだろうか」

竜晴は大輔に尋ねたが、大輔は小さく首を横に振る。

「そうか。もしかしたら、ずっと思い出せないかもしれないが、気にすることはない。再び同じことが起こらぬよう、私が何とかするつもりだ」

これを機に、神社へ来るのが嫌にならないでいてくれるとよいのだが……と、竜晴が呟くと、

「嫌になんかなるわけないよ」

大輔は懸命な口ぶりで言った。

「できるなら、もっと長くいたいくらいなのに」

と、口先ばかりでもない調子で続ける。

「大輔殿の具合が一晩で快復したのも、この神社によい気があふれているからかもしれないな」

泰山がにこにこしながら言った。

「医者の私が言うのも何だが、本当にここで治療すると治りがいい。千吉もそうだったが、カラスの怪我も少し信じがたいほどの速さでよくなっているように思うのだ。まあ、カラスを診たのは初めてゆえ、他と比べようがないんだが」

泰山はそう言いながら首をかしげている。

竜晴は余計なことを言わず黙っていたが、大輔がその話に食いついた。

「そっかあ。泰山先生は向かいの部屋で、カラスの治療をしてるんだね」

そのカラスはいつ飛べるようになるのかと、興味津々（しんしん）という様子で泰山に尋ねている。一日だけとはいえ、同じ家の中で過ごし、同じ医者の治療を受けたことで、親しみと縁を感じたようであった。

「私の診立てでは、明日でも大丈夫だと思うんだが」

泰山が竜晴に目を向けて言う。

「梅雨だからな。天候にもよるだろう」

占いと空の気を読むことで、晴れの日を予測した上で、日にちを決めるつもりだと竜晴は答えた。日が決まったら、伊勢貞衡にも伝えなければならない。貞衡とカラスとの関わりを伝えた上で、竜晴がその話をすると、

「その日が決まったら、俺にも教えてくれよ。俺もこの神社で元気になったカラスが飛び立つのを見たいからさ」

と、大輔は熱心な口ぶりで言う。やがて、大輔の様子を見にやって来た花枝もその話を聞くと、ぜひ自分も一緒に見たいと言い出した。それでは、日にちが決まったら花枝と大輔に知らせるということになり、

「一晩大変お世話になりました」

と、花枝と大輔は竜晴に礼を言って、帰って行った。

小烏丸の飛び立つ日は、それから三日後の五月二十五日と決まった。

竜晴はそのことを花枝たちや泰山へはもちろんのこと、伊勢貞衡へも天海大僧正を通して知らせたという。すると、折り返し、ぜひ伺いたいという返事が届けられたと、小烏丸は二十四日の夜、竜晴から聞かされた。

「伊勢殿はやはり鷹を連れて、お前を見に来られるそうだ」

傍らで話を聞いている抜丸がそっと眉をひそめたのを、小烏丸は見逃さなかった。

「分かった」

小烏丸はあっさり答えた。鷹については正直どうでもいい。

だが、抜丸が苦手な鷹を前に、右往左往する姿を見てやるのは楽しいだろう。そんな不埒なことを考えていたら、

「三郎兵衛という鷹匠も付き添って来るそうだ。鷹の名はアサマという」

と、竜晴が告げた。

「ふうん。いっぱしに名前を付けてもらっているのか」

「旗本家で飼われている鷹なのだから、名があるのは当たり前だ。鷹匠もついているし、むやみにお前たちに襲いかかってくることはないと思うが……」

と、竜晴が言った時、抜丸は膝を進めて「竜晴さま」とおもむろに声を発した。

「その方々がこちらへいらっしゃる時、私のことはぜひとも、今のように人の姿にしていただきたく存じます。そうすれば、我々以外の者に私の姿は見えなくなるわけですし」

「そうだな。お前はその方がいいだろう」

竜晴も承知した。

「ただし、くれぐれも人の目がある間は、そこらのものに触れないように」

付喪神がものを動かせば、人の目にはものだけが宙に浮いて動いているように見え、怪異だと騒ぎ出すことになる。その点を注意された抜丸は「大丈夫です」と答えた。

そういうことなら、我も人型に——と言い出しかけて、小烏丸ははっと気づいた。当日は、小烏丸の飛翔（ひしょう）を見るために侍たちがやって来るのだから、人の姿になるわけにはいかない。そもそも、怪我をして以来、人の姿に変えてもらったことはなく、それが今も可能かどうかは分からないのだった。

そんな小烏丸の思考を読み取ったのか、抜丸は意味ありげな眼差しを投げてよこした。

「お前が鷹に襲われかけたら、その時は私が助けてやってもいいのだぞ」

余裕ぶった口ぶりで抜丸が言う。人の姿をした抜丸は鷹より形も大きいし、第一、鷹の方には抜丸の姿が見えないはずであった。

「我はお前などに助けてもらわずとも……」

言い返しかけた小烏丸の言葉は「まあまあ」という竜晴の声に遮られた。

「上野山の時とは違う。私の目の前で、お前を鷹に襲わせるようなへまはしない。第一、アサマは人に飼われている鷹なのだから、お前が襲われる心配は要らないだろう」

竜晴の言葉を頼もしく思いながら、小烏丸はうなずいた。その話が一段落したところで、

「ところで、竜晴さま」

と、抜丸が思い出した様子で口を開いた。

「竜晴さまのお言葉通り、私が見張りをやめた後も、蝶の骸は置かれておりません。それはよいのですが、例の、梅雨葵を持って来ていたおきいとかいう娘も、近頃は現れませんね」

「そうだな」

竜晴は床の間に飾られた花にちらと目を向けて呟いた。

花が届けられる度、抜丸が瓶に活けていた梅雨葵の花も、初めの頃に届けられたものはすでに取り除けられている。今、活けられているのはやや濃い紅色の三本だけで、もう薄紅色の花はない。

竜晴はしばらくの間、梅雨葵の花から目を動かさなかった。

三

そして、翌二十五日、朝四つ（午前十時頃）の鐘が鳴る少し前のこと。

毎日やって来る泰山は無論、花枝と大輔の姉弟に加え、伊勢貞衡の一行が小烏神社に現れた。竜晴が前もって選んだこの日は気持ちよく晴れ、空は真っ青である。

小烏丸は泰山の最後の診察を受け、もう大丈夫だとお墨付きをもらった。

「しばらく動いてなかったため、飛び方を忘れてないといいのだがな」

泰山は続けて、余計な一言を付け加える。

「何と、無礼な男だな」

小烏丸は言葉を返した。

「まあ、これまで世話になった恩もあるゆえ、今日のところは罰を当てないでおいてやるが」

こうした小烏丸の言葉は、泰山の耳にはカア、カアとカラスが鳴いているようにしか聞こえない。

突然、大きな鳴き声を聞かされ、泰山は驚いたようだが、やがて破顔すると、

「そうか。お前、動けるようになって嬉しいんだな」

と、見当違いの言葉をかけてきた。そして、小烏丸が二本足で立ち上がると、

「よしよし。もうすぐ空を飛び回れるぞ。いい子だ」

その頭をにこにこしながら撫(な)ぜてくる。

「医者先生の馴れ馴れしさにはあきれ返るが、まあ、今日は我の快気祝いだ。それに免じてやろうではないか」

そう言い返すと、泰山にはカア、カアとしか聞こえないものだから、小烏丸が喜んでいると確信したらしい。

「お前とはここのところ毎日のように会っていたからな。お前が飛び立ってしまって、もう帰って来ないと思うと、私も寂しいぞ」

と、泰山は小烏丸を勝手に抱え上げると、膝の上にのせてしみじみ言った。

「何を言うか。我はこの神社に住まいしている。それに、医者先生と会えなくなったとしても、我は別段、寂しいとは思わないが」

「少しでも、竜晴や私に感謝してくれるのなら、たまにはこの神社に帰って来てくれよ」

泰山の声がどことなく湿っぽいものとなっていた。

「それはまあ、医者先生にも感謝していないことはないがな」

「鶴や鷹は人に恩返しをしたという話もあるぞ。だから、お前も恩を忘れてくれるなよ」

「……何だ、恩着せがましいな」

小烏丸は不服の声を上げ、ちょっとしたいたずら心で、泰山の手の甲を嘴で軽く小突いた。

「うわっ」

思いがけなかったらしく、泰山は大きな声を上げる。

「やっぱり、カラスは情に薄い鳥なのか。これでは、鶴や鷹のような恩返しは期待できそうにないな」

残念そうな調子で泰山が呟き、

「何と無礼な。この小烏丸さまを、鶴や鷹の下に見るつもりか」

小烏丸が怒りに任せて言い返した時、

「いつまで嚙み合わない対話をやっているつもりだ」

冷めた声が小烏丸の脇からかけられた。竜晴によって人の姿に変えられた抜丸である。

もちろん、その姿は泰山には見えないし、その声も聞こえはしない。

「おい、この部屋を出たら、いよいよ伊勢貞衡という侍と顔を合わせることになるぞ。心構えはいいな」

「うむ。前に我が付いて行った侍かどうか、しかと見て確かめてやる」

小烏丸は勇んで答えた。

「侍は客間にいて、竜晴さまたちと話をしているようだ。ちなみに、鷹匠と鷹は部屋へは入らず、庭に控えている。だから、いきなり襲われることもないだろうが、いざとなったら、お前は逃げろ。無論、私も気は抜かないつもりだが」

「前にも言ったが、お前の助けなど必要ない」

小烏丸は大きな口を叩いた。抜丸はあからさまに不服そうな顔を浮かべ、

「勝手にしろ、と言い返してやりたいが、生憎、竜晴さまと約束したことだからな。お前が何を言おうが、私はただ竜晴さまのおっしゃる通りにする」

と、小烏丸から目を背けて言った。

「ふん。なら、勝手にすればいい」

小烏丸は憎らしげに言い返したが、抜丸の言い分はよく理解している。

竜晴は賀茂氏の出であり、賀茂氏は昔から言霊（ことだま）の力を強く引き出し、操ることのできる一族なのだ。そんな竜晴の口にした言葉に逆らったり、竜晴の前で誓った言葉を違（たが）えたりすることは、付喪神たちには許されない。

「では、そろそろ行くとしようか」

泰山が膝の上にのせた小烏丸を抱えて立ち上がった。

「手を嘴で突くなよ」

そう言われたので、小烏丸はおとなしくしていることにした。抜丸は気づかれぬよう、泰山の後ろにそっと続く。

「失礼する。例のカラスを連れて来たぞ」

風が通るよう、すでに開け放たれていた客間に、泰山は小烏丸と一緒に入って行った。竜晴の他に顔をそろえていた花枝と大輔、そしてもう一人の目が、泰山と小烏丸に注がれる。

小烏丸は最後の一人に目をじっと据えた。

（間違いないっ！）

目にしてすぐに分かった。

四十路ほどのその男は、かつて小烏丸が上野山で見かけ、そのあとに付いて寛永寺へ入り込んでしまった時の侍である。

（そうか。やはり、竜晴の推測は正しかったのだな）

そう考えをめぐらしつつも、小烏丸はその侍から目をそらすことができなかった。侍を鷹から守った時のことはまったく思い出せない。だが、この侍を目にしていると、胸が騒いで仕方がなくなる。何がそうも気にかかるのかは、相変わらず分からなかった。

どこかで会ったことがあると思えるのか。

何となく懐かしい気持ちがするのか。

知り合いの誰かに似ているように思えるのか。

そのどれもが正しいような気もしたし、どれも少しずつ間違っているような気もした。

だが、自分とこの侍との間には、何か分かちがたい結びつきのようなものがある、その思いだけは確かなものであった。

部屋へ入ってからずっと、小烏丸は貞衡のことだけをじっと見ていたが、それは貞衡も同じだった。じっと目を当て、瞬きもせずに、小烏丸を見据えている。

竜晴も、それから人には見えぬ抜丸も、そんな貞衡と小烏丸の様子を観察するように見ていたが、特に誰も口を開かず、やがて泰山が竜晴の隣に小烏丸を抱えたまま座った。

「伊勢殿」

竜晴が貞衡に目を向け、声をかけると、貞衡の目は小烏丸から離れていった。

「こちらが医者の立花泰山殿です。この度、伊勢殿にゆかりのカラスを治療いたしました」

竜晴が貞衡に泰山を引き合わせ、二人は互いに挨拶した。

「賀茂殿からお聞きしていました。何としても治してやってほしいという、それがしの無理なお願いを立花先生が引き受けてくださった。こうして、恩義あるカラスが健やかになった姿を見ることが叶い、感謝の念にたえませぬ」

貞衡は泰山に対し、丁寧に礼を述べた。

「後は、無事に飛び立つ姿を御覧になっていただければ、伊勢さまのお心も完全に晴れることでございましょう」

泰山が穏やかな表情で応じる。

「その前に、もう少し近くで、カラスを目にしてもかまわぬだろうか」

貞衡が泰山に訊き、泰山は「かまいませんでしょう」と答えると、自ら貞衡の方へ小烏丸ごと近付いて行った。

小烏丸の体は泰山の両手に支えられた格好で、その膝の上にのっている。すると、貞衡が上半身を屈め、小烏丸に顔を近付けてきた。小烏丸の黄色い目と貞衡の目がひたと合う。

「この度はかたじけない。おぬしが身を挺して、それがしを守ってくれた恩は決して忘れぬ」

貞衡はたいそう真剣な口ぶりで告げた。人からこういった丁重な物言いをされたことのない小烏丸はひどく驚き慌てた。

人の身にしてはなかなか殊勝な物言いであるぞ――そう言葉を返してやりたいのに、口が動かない。泰山を相手にしていた時は、何ともなかったというのに。

貞衡が姿勢を元に戻すのを待って、「それでは、外へ連れて行ってやりましょう」と、泰山が言い出した。小烏丸は泰山の腕に抱えられたまま、客間に面した縁側から外へ連れ出された。

馴染みの庭に出ると、そこには男が一人控えており、その太い腕の上には鋭い爪を持つ鷹が一羽のっていた。

「賀茂殿に立花殿。こちらが我が家の鷹匠である三郎兵衛、その腕にいるのがアサマにござる」

貞衡がにこやかな調子で告げた。それから、三郎兵衛に目を据えると、

「三郎兵衛、アサマを飛び立たせてはならぬぞ。カラスに飛びかかるようなことは断じてさせぬようにな」

と、それまでになく厳しい声で命じた。

「重々、心得ております」

三郎兵衛が頭を下げて丁寧に返事をする。

小烏丸の目の中に、アサマという鷹の姿が飛び込んできた。獰猛な目つきをしているが、別段怖いわけではない。

その時、アサマが鋭く鳴いた。

「何だ、おぬし。ただのカラスではないな」

鷹の鳴き声が小烏丸の耳にはそう聞こえた。思わずぎょっとして、食い入るようにアサマに見入る。

(こやつこそ、ただの鷹ではない)

いったい、何ものなのか。まさか、こやつも――。

深い謎に捕らわれそうになった時、小烏丸を我に返らせたのは、自分にじっと注がれる竜晴の眼差しであった。

小烏丸が目を向けると、竜晴は軽く顎を引いた。

——あらかじめ決めておいた通りにするんだ。お前はいったん上野山を目指して飛んでいき、半刻もしたらここへ舞い戻ってくること。その間に、客人たちは神社から帰らせておく。

竜晴の声が頭に流れ込んできて、小烏丸は落ち着きを取り戻した。

再びアサマの方に目を戻すと、アサマの傍らに付き添っていた三郎兵衛という鷹匠が「これ、何をするか」とアサマを小声で叱りつけている。

「これは申し訳ないことをいたしました。ふだんは三郎兵衛の指示なく、あんなふうに威嚇の声を上げるようなことはないのだが……」

貞衡が竜晴と泰山を相手に、しきりに恐縮していた。

「泰山先生、この子、脅えたりしていませんかしら」

泰山の脇に立つ花枝が、小烏丸に気の毒そうな眼差しを注いでくる。

「そうだよ。こいつ、前に鷹に襲われたんだろ。かわいそうに。吃驚してるぜ」

大輔も小烏丸のことを心配そうに見つめていた。

「ふむ。しかし、落ち着いているようですから、大丈夫でしょう。そちらの鷹の方を飛ばせないようにしてくだされば、問題はないかと思います」

泰山が貞衛と三郎兵衛に向かって言い、三郎兵衛は絶対に飛ばせないと固く約束した。ふだんはしていないそうだが、この日はわざわざ紐(ひも)をアサマの足に括(くく)りつけているという。

「では、泰山。そのカラスを空へ放してやってくれ」

竜晴が泰山に告げた。

「分かった」

泰山は両腕を伸ばすと、「そぅれっ」と勢いをつけて、小烏丸の体を宙に放り上げた。泰山の手が離れた瞬間、小烏丸は思い切り羽を広げる。

梅雨の晴れ間となった日の爽やかな風が全身を包み込み、小烏丸の体は上空へと舞い上がった。かつてない心地よさと解放感に身を委ね、小烏丸はご機嫌で神社の上をぐるぐると飛び回った。

地上では、竜晴を含む人々が歓声を上げているようだ。

例の鷹が舞い上がってくる様子はなかった。小烏丸を狙わないよう、鷹匠にしっかりつかまえられているのだろう。

あの鷹が何ものなのかは大いに気にかかったし、貞衡に対しても相変わらず心は騒いだが、今は何も分からない。そして、今の小烏丸はふつうのカラスのように振る舞う必要があった。

小烏丸は竜晴と取り決めていた通り、ややあってから、上野山へ向けて飛んで行った。後は、半刻が過ぎるのを待ってから、小烏神社へ舞い戻ればいい。

泰山がしっかり治療してくれたお蔭で、小烏丸の体はすこぶる良好であった。

「いささか無礼な発言はあったが、あの医者先生には感謝しなければならないな」

小烏丸はカア、カアと元気よく鳴きながら、上野山を目指した。

四

小烏丸が神社へ戻った時、すでに客人たちの姿は誰もなく、待っていたのは竜晴と抜丸だけであった。

念のため、一度、お気に入りの庭木の枝に止まった後、人々の姿がないのを確かめ、竜晴の足もとに舞い下りて行く。

「飛翔には何も問題なかったようだな」

と、竜晴から問われ、小烏丸は「うむ」と答えた。

「以前と何も変わりはない。あの医者先生の腕前は本当に確かなようだ」

「なら、後は人の姿にする呪をかけられるかどうか、確かめるだけだな」

竜晴は言うと、人差し指と中指だけを立てて軽く握った右手を、小烏丸に向け、

「彼、汝となり、汝、彼となる。彼我の形に区別無く……」

と、いつも通りの呪文を唱えた。地面に白い霧が立ち込め、小烏丸の体を包み込むのもいつもの通りだ。

そして、やがて、その霧がすっかり晴れた時、小烏丸は少しやんちゃな感じの少年の姿に変身を遂げていた。身に着けているのも、傍らの抜丸とすっかり同じ涼しげな水干である。

「これも問題はなさそうだな」

竜晴が小烏丸の姿を確かめ、満足そうに言った。小烏丸も腕や足を動かしながら、以前と変わりないことを確かめ、喜びと安堵の顔になる。それが一通り終わると、

「ところで、竜晴」

と、小烏丸は改まった表情になった。

「あの、伊勢という侍のことなのだが」

「ああ、そのことについては、いろいろと話し合わねばならない」

竜晴はそう言って、縁側に腰かけた。抜丸と小烏丸はその前に並んで立つ格好になる。人の姿をした抜丸と小烏丸の声は、他人には聞こえないので気にしなくていいが、それに応じてしゃべる竜晴の声はもちろん聞かれてしまう。

「あの、ここで私どもとお話しになってもよろしいのですか」

抜丸が生真面目な調子で問うた。

「まあ、本当は家の中の方がいいが、今日はもう客人も来ないはずだ。泰山も花枝殿も大輔殿もすでに帰ってしまったからな」

しょっちゅう来る客といえば、確かにその三人である。彼らがもう来ないのであれば、さほど気にかける必要はない。

「まずは、小烏丸に訊きたいが、伊勢殿はどうだった。確かに、お前が前に見て気になった侍だったか」

竜晴の最初の問いかけに、小烏丸はうなずいた。

「間違いない。我はあの侍に付いて行って、寛永寺の大僧正につかまったのだ」

「そうか。それで、あの方を鷹から助けた時のことは思い出せたか」

「それはまったく思い出せない。また、あの侍のことがどうしてこうも気になるのかは分からない……」

小烏丸は少し苦しそうな表情になって言った。

「おそらく、お前の失くした記憶に関わっているのだろうが、それは今のところどうしようもないな」

竜晴の淡々とした返事は、ともすれば冷たく聞こえなくもないのだが、小烏丸は慣れている。

「だが、今日のところは、あの侍より鷹の方に驚かされたぞ」

小烏丸はさらに続けた。

「アサマのことだな」

竜晴はすかさず言葉を返す。

「あれは、ただの鷹ではない」

「……そうか。やはりお前もそう感じたか」

「ということは、竜晴もあの鷹のしゃべる声を聞き分けたのだな」

小烏丸が前のめりになって尋ねると、竜晴は黙ってうなずいた。続けて抜丸に目を向けると、抜丸も真剣な表情でうなずき返す。

――何だ、おぬし。ただのカラスではないな。

あのアサマの声を、竜晴も抜丸も聞いていたのだ。無論、ふつうの人の耳にはただの鳴き声としか聞こえないはずであるが……。

「それで、お前たちはあのアサマを何だと思った？」

竜晴が付喪神たちに問うた。

しばらく沈黙が落ちたが、ややあって先に口を開いたのは抜丸であった。

「確信はないのですが……」

抜丸にしては、めずらしく歯切れの悪い口ぶりである。

「もしかしたら、あの鷹は我々と同じようなものなのではないでしょうか」

「つまり、付喪神だというわけか」

竜晴はさほど驚きもせず呟いた。

「わ、我も同じように思ったぞ」

と、小鳥丸は慌てて告げた。何も抜丸の真似をしたのではなく、本当にそう考えていたのだ。ただ、あの時のやり取りだけでそう決めつけてしまう自信がなかっただけである。

「お前たちがそう感じたのであれば、その見込みは高いだろう。無論、ふつうの鷹に怪異が取り憑いたということもないわけではないが」

「怪異となると、あの伊勢というお侍の身が危ういことにならないでしょうか」

抜丸が気がかりそうに尋ねた。

「怪異にもいろいろあるが、たとえば、伊勢殿が知らずして怪異に操られているのなら、確かに危うい。しかし、今は様子を見るしかないだろう。取りあえず、伊勢殿の言動に不可解なところはない。ただ、一つのことを除いては――」

「一つのこと？」

「小鳥丸の飛翔を自分の目で確かめたいというのは分かる。怪我を負わせたのは自分のせいだと、ずいぶん責めを感じておられたようだからな。しかし、その場に鷹を連れて来るのは、少し不可解でもあった」

「おっしゃる通りです。小鳥丸の怪我に責めを感じておられたのなら、なおさら、小烏丸の目に触れるところに鷹を連れて来ようなどと思うはずがありません」

抜丸が力のこもった声で訴える。

なるほど、と小烏丸も改めて思った。鷹に襲われた記憶のない小烏丸には、鷹が恐怖の対象ではなかったが、ふつうに考えれば、鷹を連れて来るのは遠慮すべきところであろう。

「まあ、秋には公方さまの鷹狩りが行われることもあり、自慢の鷹を見せびらかしたいという気持ちもお持ちのようだったからな。そのせいかと、私も納得していたが、あの鷹を見て考えが変わった。伊勢殿は何らかの目的を持って、アサマをここへ連れて来られたのだ」

竜晴の確信に満ちた言葉に、小烏丸と抜丸はそれぞれ緊張した。

「目的とは……何だ」

小烏丸は少しかすれた声で竜晴に問い返す。

「確かなことはまだ分からないが……」

とは言うものの、竜晴は続けて己の考えを述べ始めた。

「アサマが付喪神だった場合、同じく付喪神である小烏丸や抜丸の気配を感じ取ったことだろう。となれば、伊勢殿は私のもとに付喪神がいるかもしれないと予測して、アサマにそれを確かめさせるため、連れて来たのかもしれないということだ」

「それは、十分あり得ることです」

抜丸が深刻な顔つきになって言った。小烏丸は首をかしげ、

「だとしたら、あの侍はそれを確かめて、何をしようとしているんだ」

と、呟く。

「おそらく、お前たちを手もとに取り戻そうとしているのだろう」

「ええっ！」

小烏丸は大きな驚きの声を上げた。抜丸は声を上げこそしなかったが、蒼い顔をしている。

「あの方ご自身から聞いたことだ。あの方は先祖伝来の刀は自分の手もとにあるべきだと考えておられた。無論、お前たちの行方については、何の心当たりもなさそうな口ぶりだったが……」

「しかし、そうだとするなら、そもそもあの方がこの神社を疑わしく思ったのはなぜなのでしょう。ただの直感というには出来すぎている気もしますが」

抜丸が首をかしげて呟いた。

「一つはあの方自身が何らかの力を持っているということだが、私の見るところ、その気配は感じられない。あるいは、もともと大した力は持たなくとも、小烏丸と接触して何かを感じ取ったのかもしれない。アサマが付喪神であるなら、日頃から付喪神と接しているわけだしな。しかし、そのどちらでもない場合は――」

竜晴の言葉はそこでいったん途切れた。

「天海大僧正から筒抜けになっていた恐れもある」

「何だって」

息を呑んだ抜丸の傍らで、小烏丸は怒りの声を上げた。

「いや、いくつかの推測の中の一つだ。伊勢殿の人となりがよく分からぬ以上、結論は出せぬ。ただし、天海大僧正は食えぬお人ではあるが、信義をないがしろにするお方ではない。ご自身の目的――つまりは将軍家とこの江戸の町を守るということだろうが、それに関わらない限り、あえて私に不審を抱かせるような行動は取らないだろう。まあ、大僧正から漏れた見込みは低いと思ってもらっていい」

「そうか。しかし、こうなると、あの侍にもあの鷹にもこれから十分用心しなければばならないということになるな」

小鳥丸の言葉に、竜晴はその通りだと深くうなずいた。

「あちらに目的がある以上、これからも付き合いを持とうとしてくるはずだ。しかし、逆にこれは小鳥丸、お前の本体の在り処を探し出し、記憶を取り戻すための早道になるかもしれない」

「うーん。そうなるといいんだが……」

不安と期待がないまぜになって、小鳥丸の声は微妙な調子になる。

「もしや、あの方が小鳥丸の本体を所有している、と竜晴さまはお考えなのでしょうか」

抜丸が尋ねると、竜晴は何とも言えないと答えた。ただ、その見込みがまったくないというわけでもないという。

小鳥丸はそう聞くなり、何とも落ち着かない気持ちになった。今すぐにでも、あの伊勢貞衡という侍のところへ飛んで行って、自分の本体を持っているのか問いただしたいとさえ思えてくる。

「ところで、お前たちに一つ問いたい」

と、竜晴が改まった様子で切り出した。

「小烏丸には難しいかもしれないが……」

と、続けて言われると、いつものように抜丸への対抗心がむらむらと込み上げてくる。

「あのアサマのことだ。名前は伊勢の朝熊岳からつけたそうだが、あれが付喪神であった場合、何か心当たりはあるか。つまり、お前たちと同じくらい古いもので、伊勢殿の手もとにあるのなら、平家一門の持ち物だった見込みが高い。手がかりは鷹の姿をしているということだろうが」

「鷹……ですか」

抜丸は顎に手を当て、小首をかしげている。平家一門に所有されていた頃の記憶に関わる話だと知り、小烏丸は早々に抜丸への対抗心を捨てた。

「鷹……に縁のあるものということですよね。あるいは、鷹という銘を持つ何か」

抜丸はいつしか目を閉じ、独り言を呟き続けた。

「鷹といえば、その羽は矢につけたりすることが多いが……」

竜晴が手がかりを与えるつもりで呟いたらしい言葉が、抜丸の表情をはっとさせた。

「薄切斑(うすきりふ)に鷹の羽(は)……ぬた目の鏑矢(かぶらや)――」

突然のように、抜丸の口から飛び出してきた言葉に、竜晴も小烏丸も目を瞠る。

「何のことだ」

竜晴が問いただすと、抜丸はすぐに目を開け、「思い出したんです」と告げた。

「私は小烏丸と違い、屋島(やしま)や壇ノ浦の合戦には連れて行かれてません。だから、後から伝え聞いたことしか知らないのですが……」

抜丸はそう断った後、先を続けた。

「屋島の合戦で源氏方だった那須与一(なすのよいち)という弓取りが、平家方が用意した扇の的に矢を当てたという話があります」

「それは有名な話だ。『平家物語』にもあり、好んでよく語られる話でもあるから、今の世で知っている者も多い」

と、竜晴が応じた。

「そうなんですか。私は那須与一という男は知らないんですが、その時に使った矢が『薄切斑に鷹の羽を混ぜた鏑矢』だったそうです。その鏑矢は見事、扇の的を射(い)

貫（ぬ）いた後、海に落ちたらしいのですが、誰かが記念にと拾ったのでしょう。そのまま平家方の持ち物になったようです。そして、平家御一門はその後、壇ノ浦の合戦で滅びるわけですが、生き残った誰かの手にこの鏑矢が伝わり、どういう経緯か、当時私のご主人だった平頼盛公のもとに届けられたのです」

「平頼盛公とは、清盛公の弟だな」

「はい。清盛公とはうんと年の離れた弟君なのですが、一時は清盛公と家督を争ったこともあり、御一門の中で微妙なお立場におられる方でした。お二人の父君である忠盛公は、頼盛公をかわいがっておられましたし、頼盛公の母上は忠盛公のご正室でもありましたので」

「それに、清盛公は忠盛公の実の子ではないという噂（うわさ）もあったのだろう？　白河院の落とし胤（だね）ではないかという話は、『平家物語』にも載っているくらいだからな」

「はい。事の真相は私も知らないのですが、もちろん当時からそういう噂はありました。そのため、清盛公のお立場も微妙でしたし、頼盛公も複雑なお立場だったのです」

　しかし、忠盛が死去し、清盛が一門を統率して、保元（ほうげん）の乱、平治（へいじ）の乱で勝利を収めたことにより、もはや頼盛が出る幕はなくなってしまった。

その後、清盛の息子たちが成人して、その跡を継ぎ、当主の座は代々清盛の子孫に受け継がれる方針でほぼ固まっていたのだが……。

「ご存じの通り、清盛公の死後、御一門の力は弱まり、各地で源氏の挙兵が起こったりして、御一門は都落ちをなさいました。頼盛公はその時、御一門に従わずに都に残り、その後は源頼朝（よりとも）と対面したりもなさったのです」

抜丸は源頼朝のことだけは呼び捨てにした。平家一門の思い出を失くしている小烏丸にも、抜丸の気持ちは伝わってきて、あえて指摘はしなかった。

「もっとも、その鏑矢がその後、どこの誰の手に渡ったのかは、私も知りません。私もさまざまな人の手を経て、足利将軍家へ渡されたりしましたから」

「なるほど、伊勢殿は清盛公のご子孫でも頼盛公のご子孫でもないが、同じ伊勢平氏の出自ということで、例の鏑矢が伊勢殿の手に渡ったことはあり得るな」

と、抜丸の話を聞き終えた竜晴は呟いた。

「那須与一が扇の的を射貫いた矢ということであれば、伝えられた家の宝として大事にされた見込みも高い」

　そうして大事にされたものは、何百年かの時を経て付喪神となる。そして、由来や名前にちなんだ姿形をとる。

　鏑矢に名前はなかったかもしれないから、その矢に使われていた羽から鷹の姿を得たということは、ないとは言えないだろう。

「今の話は大いに役に立った」

　竜晴は抜丸にしっかりと目を向けて言った。抜丸が嬉しそうに頰を染め、目を伏せて頭を下げる。

「今後も、伊勢殿との付き合いは続くだろう。私ばかりでなく、お前たちが顔を合わせる機会もあるかもしれない。無論、アサマと鉢合わせすることも考えの内にあった方がいい。かつてのお前たちの主人と同じ血を引くお方ではあるが、何を考えているのかは不明だ。くれぐれも用心だけはするように」

　竜晴は二柱の付喪神に向けて言い、最後に小烏丸に目を据えた。

「特に小烏丸は注意するんだ。間違っても前のように、伊勢殿にふらふらと付いて行ったりしてはいけない」

　傍らで抜丸が本当にそうだというように、うんうんとうなずいている。その様子が不愉快だったが、竜晴が本気で心配してくれているのは分かるし、その気持ちは何より嬉しい。

「ああ、気を付けるようにする」

小烏丸は素直に答えた。

六章　言い勝ち功名

一

　怪我の治ったカラスの飛翔を見届けた翌日の二十六日、花枝が出かけようとしているると、大輔が玄関口まで追いかけてきて声をかけた。

「竜晴さまんとこへ行くのかよ」

「違うわ。神社へ伺う時はいつも、あんたに声をかけてるでしょ」

　花枝の返事に、疑わしげな目の色になった大輔は、

「梅雨葵を届けに行く時は、一人で行ってただろ」

　と、恨めしそうに言い返した。

「あれは、おまじないだって話したでしょ。今はもう届けていないわ」

「だったら、どこへ行くんだよ」

大輔はさらに尋ねてくる。

「それは……」

花枝は言いよどんだ。

大輔が小鳥神社で倒れた原因はいまだに分からない。病ではなかったようだから、何かよくない物に憑かれた恐れもある。竜晴はそう言って、しっかりお祓いをしてくれた。それで、大輔はすっかり元気になったものの、いまだに倒れた直前の記憶を取り戻していない。

しかし、手がかりがまったくないわけでもなかった。大輔が倒れたのは二十一日のことだが、その前日、花枝には告げずに小鳥神社へ行き、鳥居のところでおきいと出くわしたという。居合わせた竜晴の目に、大輔はおきいを嫌っているふうに見えたというから、言い争いでもしたのではないか。

大輔はおそらく、おきいが花枝の手柄を横取りして、竜晴に気に入られたと思い込んでいるだろう。それで、おきいを責め立てたのかもしれない。

竜晴が一緒だったその日は何事もなかったようだが、大輔が倒れたのはその翌日である。倒れた日も、大輔はおきいと鉢合わせしたのではないか。それを裏付けるかのように、竜晴が最後におきいを見たのは二十日のことで、それ以降は神社を訪れていないという。

とはいえ、泰山が治療しているカラスが飛び立つまでは、花枝もおきいの在所を訪ねるのは控えていた。もしかしたら、昨日の集まりに招かれているのではないかとも思ったが、そういうこともなかった。

それで、花枝は帰り道、泰山に思い切っておきいの家の場所を訊いたのである。

「しばらくお見えにならないということですし、大輔もあのような目に遭いましたから、おきいさまにも何かあったのではないかと心配で」

無理に作り上げた言い訳を口にすると、

「そうですか。いやあ、花枝殿は本当にお優しいお方ですね」

と、泰山はすっかり感心した様子で笑顔を浮かべた。心の底からそう信じている目にぶつかると、さすがにきまり悪い。

「いえ、そんなことはありませんわ」

泰山から目をそらして言うと、

「花枝殿はお優しいだけでなく、慎（つつ）ましい方でもあるのですねえ」

と、泰山は何の疑いも持つことなく、おきぃの在所を教えてくれた。

泰山とのこのやり取りは、あえて大輔が近くにいない時を狙い、聞かれないように注意している。もちろん、おきぃの家を訪ねていくことも内緒にするつもりだった。だが、大輔は大輔で、花枝が何か企んでいると感じ取っていたのだろう。

「どこへ行くのか、言えねえのかよ」

大輔は花枝を睨むような目で見ながら言った。

「私がどこへ行こうと勝手でしょう。どうして、そんなことを、いちいちあんたに知らせなきゃいけないのよ」

花枝はわざと怒った声で言い返した。心配してくれる大輔の気持ちはありがたかったが、こういう物言いをすれば、いつものように喧嘩になり、やがて弟が怒って引き揚げるだろうと、花枝は読んでいた。

だが、この日の大輔は食いついてきた。

「だったら、お父つぁんとおっ母さんに話してやる。姉ちゃんが内緒でどっか行こうとしてるって」

今にも引き返して両親のところへ報告に行きそうな勢いだった。

　別に両親に訊かれたところで、答えられないわけではない。しかし、そうなれば、おきいのところへ行くということが大輔の耳に入ってしまう。おきいのことをよく思っていない大輔には、できれば知られたくなかったが……。

　ついに、花枝は観念した。

「前に、宮司さまのところでお会いしたおきいさまのお宅へ伺うのよ」

「えっ、姉ちゃん。あいつから家の場所、聞いてたの？」

　大輔は虚を衝かれた様子で訊き返した。

「おきいさまから聞いたんじゃないわ。泰山先生からお聞きしたのよ」

「何で？」

「何でって、お話ししたいことがあるからよ」

「話って何だよ。姉ちゃんが竜晴さまに届けてた花をどうして横取りしたのかって訊くつもりかよ」

　大輔は刺々しい声になって尋ねた。

「それは……もう今さら確かめなくてもいいわ。それより」

　花枝が言いかけた言葉は、

「ちっとも、よかねえよ！」

という大輔の大声によって遮られた。

「だって、あいつは！」

大輔の叫び声はそこで止まった。

「……あいつは？　何だというのよ」

なぜ大輔が口を閉ざしたのか分からず、花枝は訊き返したが、大輔の口は動かなかった。その表情は、どうしてもぶちまけたい怒りがあるのだが、それをどう言い表せばよいか分からない、とでもいうような途方に暮れたものであった。

「私はおきいさまに、あんたのことを訊きに行こうと思ってたのよ」

花枝は声を和らげて、大輔に本当のことを告げた。

「確かなことは分からないけど、あんたが倒れたのとちょうど同じ頃から、おきいさまは神社に来なくなったんですって。だったら、おきいさまが何かを知っているかもしれないでしょ」

「あいつが何か知ってたとしても、正直に教えてくれるとは限らねえだろ。もし関わってるんなら、嘘を吐くかもしれねえし」

「あんたがおきいさまのことをあまりよく思ってないのは知ってる。宮司さまの前でも、そういう態度を取ったんですってね」

「それは、あいつが嘘を吐いたから」

「嘘って、梅雨葵の花のこと？　それは、あんたの勝手な思い込みかもしれないでしょ。おきいさまが宮司さまに花を届けていたのは事実なんだし」

「そのことじゃねえ！　あいつは泰山先生の悪口を言いやがったんだ。二人きりでいる時、泰山先生がおかしな……そのう、いやらしい目で見てくるって」

「泰山先生が？」

花枝は驚きの声を上げた。あのお人好しと善意の塊のような医者が、若い娘にそういった居心地の悪い思いを抱かせるだろうかと、疑わしい気持ちが湧く。しかし、泰山が美しいおきいに心を奪われることは、十分にあり得るだろうし、そんな男心を敏感に感じ取ったおきいが、警戒心を強めるのもあり得ないことではない。実際以上に、そう見えてしまったとしても、それは泰山の罪でもおきいの罪でもない。

「あのねえ、大輔」

花枝は苦笑しながら、弟の名を口にした。

「それだけでは、おきいさまが嘘を吐いたってことにはならないわよ。実際にどうだったかが問題なんじゃなくて、おきいさまがどう感じたかが問題なんだから」

「どういうことだよ」

「だから、泰山先生がおきいさまに邪な心を抱いたということは、私もないと思うわ。でも、年上の男の人と二人きりになったおきいさまが、不安を持つのは不思議じゃないし、むしろ身持ちのしっかりした娘さんだってことになるの」

「けど、それを竜晴さまの前で言う必要はねえだろ。どうして、わざわざ泰山先生の悪口みたいなことを竜晴さまに言ったりするんだよ」

「それは……たぶん」

花枝はいったん言葉を切ると、寂しげな微笑を浮かべ、先を続けた。

「おきいさまが宮司さまのことを好きだからなんじゃないかと思うわ」

「好きだから……？」

「好きな人の気を惹(ひ)きたくて……好きな人から心配されたくて、そんなふうに言ったのよ」

竜晴がその話を鵜呑(うの)みにすることはないとしても、不安がっているおきいのことを気の毒だと思うことはあるかもしれない。おきいは竜晴にそう思わせたいのだ。

「姉ちゃんも……」

大輔はいつの間にかうつむき、暗い声を出した。

「そういうことするのかよ。女は誰でも、そういうことするもんなのかよ」

大輔の声は怒りに染まっている。おきいは無論のこと、そういうことをする女はすべて許しがたいとでも、思ってしまったようであった。

「私は……たぶんしないと思うけど」

私がやったって、大した効き目があるとは思えないし——と言って、花枝はほろ苦く笑った。そういう気の引き方は、おきいのような美しい娘がやってこそ効き目がある。

「でも、気持ちは分かるわ。それに、大輔だって、いつかはその気持ちが分かるようになると思うわ」

「……分かんねえよ。そんなの」

大輔は吐き捨てるような調子で言った。

「いつか、自分の好きな娘が大輔にそういう態度を取ったら、きっと嬉しく思うはずだわ。好きでない娘からそんなふうにされたら困るだけかもしれないけど、たぶん悪い気はしないはずよ」

大輔はもう、花枝に言い返しはしなかった。ただ、わずかな沈黙の後、

「俺も行く」

と、花枝の方は見ないで言い出した。

「姉ちゃんの話の邪魔はしねえよ。俺がその場にいない方がいいってんなら、外で待ってたっていい。けど、俺も行く。そもそも、俺のことなんだし」

姉の身が心配だから——とは、大輔は死んでも言わないだろう。それでも、弟の気持ちはよく伝わってきた。

「分かったわ。じゃあ、一緒に行きましょ」

花枝は苦笑を浮かべて言った。

二

おきいの家は紙商で、店の名は「初雁堂（はつかりどう）」という。表通りに面したその店は大き

く、すぐに分かった。

しかし、店に用があるわけでもないのに、そちらから入るのは迷惑なので、花枝は泰山から母屋を訪ねる道順を聞いておいた。泰山は以前、おきいの治療に出向いたことがあるそうで、裏通りから庭伝いに母屋の玄関口へ行ける道を教えてくれたのである。

それで、花枝と大輔はいったん初雁堂の前を通り過ぎてから、途中で裏通りへ入り、迷うことなくおきいの家へ向かったのだが、

「なあ、姉ちゃん」

庭に通じる木戸に達したところで、大輔が花枝を呼び止めた。

「何か、やけに騒々しくねえか？」

「そうねえ」

花枝も耳を澄ましてうなずいた。

確かに、甲高い昂奮気味の声がいくつも聞こえてくる。それも、屋内での騒ぎが漏れてくるという感じではなく、すぐそこの庭で言い争っているようなのだ。

「お邪魔します」

と、木戸のところで何度か声をかけたが、返事はなかった。

木戸で気づいてもらえなければ、母屋の玄関まで入って行って大丈夫だと、泰山から聞いていた花枝は戸を押し開けた。人の姿は見えないが、何やらただ事ではなさそうなので、ひとまず声のする方へ向かうことにする。二人で奥へと進んで行くと、建物の陰になって見えなかった場所が目の前に開けた。

そこは、花畑であった。花枝たちも馴染みのある梅雨葵の花が咲き誇っている。花の色は濃い紅色で、前におきいが小鳥神社へ持って来たのは、ここの庭の花だったのだろう。

そして、その花畑の前に女が三人いた。一人はおきいで、後の二人は女中のようだ。

「お嬢さん、おやめください！」

女中の一人が哀願するような調子で、おきいに声をかけている。が、おきいは手もとに目をやったまま、顔を上げる様子もなかった。

おきいの手には、梅雨葵の花と鋏（はさみ）がそれぞれ握られている。鋏で花の茎を切り取ったものと見えるが、異様だったのは、その手にした花をさらに鋏で切り刻んでいることだ。

今を盛りに咲き誇っている花も、これから咲こうとしている蕾も、おきいはかまうことなく鋏を入れていく。

「お嬢さん、せっかくのお花が台無しになってしまいます」

「お嬢さんが大切に育てていたお花ではございませんか」

女中たちが口々に忠告しているのだが、その声はおきいの耳には届いていないようだった。鋏を入れた花や葉が地面に落ちると、おきいはそれを踏みつけた。

その時、おきいの足もとに目をやった花枝は、思わず息を呑んだ。傍らでは、大輔が「ひいっ」と声を上げている。

おきいの足もとに散らばっていたのは、梅雨葵の花の残骸だけではない。蝶と思われる翅の残骸も散らばっていたのである。

ばらばらになった蝶の骸は、何匹いたのかはっきりしないが、一匹ではなさそうだった。梅雨葵に群がって来た蝶の哀れな末路に、花枝の胸は引き絞られたようになる。

た。

「奥さまにお知らせして」

女中の一人が言い、もう一人が「はい」と返事をして、すぐに駆け出して行った。

とてもこちらから声をかけられるような状況ではない。が、花枝はこのまま帰る気にはなれなかった。

「おきいさまは何かに憑かれてしまわれたんだわ」

「あ……ああ」

花枝の言葉に、大輔が返事をする。

「前にも、宮司さまがおきいさまに憑いた霊を祓ったそうだし、ここはお知らせした方がいいでしょう。私が残って、おきいさまの親御さまにお話しをするから、あんたはとにかく神社へ行って、宮司さまにお知らせして」

花枝がきびきびした口調で言うと、

「分かった」

と、大輔は答え、弾かれたように駆け出して行った。

それを見送った直後、甲高い笑い声が辺りに響き渡る。花枝が慌てて振り返ると、おきいの口から笑い声が漏れているのだった。

「お静まりください」

残った女中が泣き叫ぶような声で懇願する。

「失礼します。私は上野の小鳥神社の氏子の者で、おきいさまともそちらで知り合いました。花枝と申します。何かお手伝いできることがあれば――」

花枝はおきいのもとに駆け寄り、女中に声をかけた。

ちょうど同じ頃、上野の小鳥神社には泰山がやって来ており、庭の薬草畑の手入れに勤しんでいた。

すでに小烏丸も飛び立っていたため、もう神社に患者はいないのだが、薬草畑の手入れは泰山の役目である。ただ、この日はめずらしく連れがいた。

泰山の幼なじみでもある、薬種問屋三河屋の跡継ぎ、千吉である。以前、毒を飲んで倒れた千吉は、この小烏神社で泰山の治療を受けていたことがあり、竜晴とも縁があった。

「宮司さん、すっかりご無沙汰しちまって。その節は本当にお世話になったってのでに、申し訳ありやせん」

千吉は竜晴に向かって、丁寧に挨拶した。

「うちの親も宮司さんによくよく御礼を言ってました。こんなもので申し訳ありませんが」

と、千吉が差し出したのは、日に干した枸杞葉と枸杞子であった。

枸杞葉はお茶として飲むことができ、枸杞子は果実でそのまま食べることができる。

「枸杞葉は血の通る管を丈夫にしてくれるそうです。枸杞子は力をつけるのにいいんですが、もしそのまま食べるのが味気ないなら、粥に入れても食べられます。それと」

と言って、千吉は別の風呂敷包みから小さな甕を取り出した。

「これは、枸杞酒です。果実を酒に漬け込んだものなんですけど、よろしければ」

「三河屋さんと千吉さんのお志、ありがたく頂戴しよう」

竜晴は千吉の贈りものを受け取って礼を述べた。挨拶が終わると、

「実は、先日、両親とおちづと一緒に、芝へ行ってまいりました。そのこともお知

らせしなければと思いまして」

と、千吉は表情を改めて言う。

おちづとは、千吉と将来を言い交わした娘で、今は三河屋で女中奉公をしている。

千吉は以前、芝で自害しようとしたことがあったのだが、それはその地で亡くなった女の霊に導かれてのことでもあった。その後、女の霊がおちづに取り憑き、三河屋ではひと悶着（もんちゃく）起きたのである。

竜晴がお祓いをしたことで女の霊は成仏したのだが、三河屋は一家で芝まで出向き、きちんと供養したいと言っていた。そして、三日ほど前、ようやくそれを果たしてきたというのである。

「そうだったか。その後、親御さんやおちづさんに変わったところなどは、特にないだろうな」

竜晴が念のために尋ねると、千吉は皆すこぶる元気だと答えた。

「ただ、ちょいと気になることがあって……」

と、千吉は急に沈んだ声になって言う。

「気になること？」

「へえ。俺が首を吊ろうとしたところ――ってのは、例のおちづに取り憑いた女の霊が首を吊ったとこなわけですが、そこへ行くには芝の林の中を通らなけりゃなりません。宮司さんもお分かりと思いますが」

「ああ。私もそこへ行ったからよく覚えているが……」

「女の人が死んだ場所は静かなもんでした。木の下に花と酒をお供えし、皆で経もあげてきたんです。ただ、そこへ行く途中に、妙な小山がありまして。山といっても土や枯れ葉の山じゃなくて、鳥獣や虫の死骸の山なんですよ」

千吉は顔をしかめて告げた。死骸のにおいもたいそうきつく、母親などは気絶しそうなほどだったという。

「まさか、人の死骸は入っていなかっただろうな」

竜晴は念のために尋ねた。

「えっ、人の死骸？」

千吉は考えてもみなかったらしく、虚を衝かれたような声を上げた。

「ずっと眺めていたい代物でもないんで、じろじろ見たわけじゃねえんですが、人の骸が入ってるほど大きな山には見えませんでした。まあ、骨になってたら分かりませんが」

「そうか。ひとまず、どんな獣の骸だったか、分かっていることだけでも教えてもらえるだろうか」

「ええ……と、たぶん犬の骸はありましたね。猫や鼠もいたかもしれません。羽が見えましたから、たぶん鳥なども――」

「そうか。それほど多くの骸の山を見たのであれば、気分はたいそう悪かったことだろう。しかし、調べてみる必要があるな。知らせてもらえて感謝する」

　竜晴が言うと、千吉はほっとした表情を浮かべた。

　どこかに届け出るべきかどうか悩んだが、ただちに事件と決めつけることもできない事柄である。といって放っておくこともできず、近くの増上寺に知らせることも考えたが、将軍家の菩提寺ともなれば、あまりにおそれ多く、結局どこへも知らせずに帰って来てしまったのだという。

「必要とあれば、私の方からしかるべきところへ知らせておくゆえ、千吉さんたちはもう気に病まなくていい」

「ありがとう存じます。後のことはよろしくお願いします」

千吉はそう言って頭を下げ、その後、「やあ、懐かしいな」と声を上げると、薬草畑の世話をしている泰山を手伝い始めた。

千吉は小鳥神社で寝起きしている間、具合がよくなってからは薬草畑を広くするなど、庭いじりをしていたことがある。

「枸杞を植えてもいいかもしれない」

千吉が携えてきた枸杞葉や枸杞子の話から、泰山と千吉はそんなことを話している。竜晴は縁側に腰かけ、二人の様子を見つめていたが、畑仕事には加わろうとせず、芝の骸の山について考えをめぐらしていた。

(さまざまな種の死骸があったのは、何ものかによって生きたままそこへ集められ、殺されたということか。それとも、死骸をそこに集めてきたということか)

芝は江戸の裏鬼門に当たる。

万一にも呪詛が行われたということであれば、放置しておくわけにはいかない。

(このことは、まず天海大僧正のお耳に入れるべきだろうな)

竜晴がそう考えた時であった。

「竜晴さま、大変だっ！」

大輔が庭に駆け込んできたのである。よほど長い道を走ってきたのか、大輔は肩で息をし、声を嗄らしていた。

「どうした、大輔殿」

竜晴は縁側から立ち上がり、泰山と千吉も振り返って、驚きの目を大輔に向けている。

「す、すぐに、あのおきいっていう女の家に行ってくれ。姉ちゃんがそこにいる」

「花枝殿が？　どうして花枝殿がおきいさんのところに？」

竜晴は訊き返したが、それにはすぐ泰山が答えた。

「実は、昨日、花枝殿からおきいさんのお宅を訊かれたのだ。しばらく神社に見えないので心配だと言っていた」

「それで、花枝殿は大輔殿を連れて、おきいさんの家に行ったということか」

「うん」

おきいの心配をしたというのは少し違うが、そこは訂正せず、大輔はうなずいた。

「おきいさんの家で何があった？」

「おきいって女の様子が妙なんだよ。花を鋏で切り続けてて、他の人がやめさせようと声をかけてるのに、まるで聞こえてねえみたいだった」

「それは、物に憑かれているようだったということか」

すぐさま竜晴が問うと、「そう、それだよ」と大輔は大きな声を出した。

竜晴と泰山は顔を見合わせた。

「それって、あの時のおちづと同じような状態になってるってことか？」

千吉が蒼ざめた顔になって呟く。

「おきいさんは物に憑かれやすい質だった。前にもそういうことがあったのだ」

竜晴の言葉に、泰山が「ああ」と応じた。

「前の時の霊はお前が祓ったはずだ。すると、新たな霊に憑かれたということか」

「そうなのだろう」

と、泰山に答えた竜晴は、少し落ち着いてきた大輔に目を向け、

「おきいさんは人を傷つけようとしたり、泣きわめいたりしていたか」

と、問うた。

「そういうことはなかったけど……。でも、女中さんたちはずいぶん取り乱してい

るように見えたよ」

「それは、前におきいさんが憑かれた時のことが頭にあるからだろう。とにかく、すぐに行く」

竜晴が言うと、泰山はすぐに立ち上がり、

「私も行こう」

と、言った。つられて立ち上がった千吉は、

「お、俺、ここの留守番していましょうか」

と、慌てて言ったが、竜晴は帰ってくれてかまわないと答えた。

「千吉さんにも家の仕事があるだろう。戸を閉めてくれればそれでいい。錠をさす必要はないから」

「分かりました」

千吉が背筋をぴんと伸ばして答える。

留守は抜丸と小烏丸に任せて問題ない。泰山たちがやって来てからは、縁の下に身を潜めている白蛇と、庭の木の高い枝に留まっているカラスに「後は頼む」と思念を送り、竜晴は泰山、大輔と共に小烏神社を後にした。

三

竜晴たちが初雁堂の母屋へ通じる庭の木戸に達した時、すでに大輔の話していたような騒々しさはなくなっていた。庭に人の出ている気配もなければ、花枝の姿も見られなかった。

「あれ、姉ちゃんはどこへ行ったんだろ」

大輔はきょろきょろと辺りを見回しながら、不安そうに呟いた。

「母屋の方に行っておられるのかもしれん。我々もお邪魔しよう」

泰山の言葉により、三人は母屋の玄関口へと向かった。そこで声をかけると、奥から女中が急ぎ足で現れた。

「賀茂先生、それに、立花先生まで」

女中は竜晴と泰山を見覚えていたようであった。

「花枝さまとおっしゃるお方から、賀茂先生に知らせを送ったと言われていたのですが、これほど早くお出でいただけるなんて」

花枝はしっかり話を通してくれていたようである。

「大体のことは、ここの大輔殿よりお聞きしたが、おきいさんが物に取り憑かれたようですね」

竜晴が尋ねると、女中は沈んだ表情になってうなずいた。

「とにかく中へお上がりになって、お嬢さんを御覧になってくださいませ」

女中の案内で、竜晴たちは母屋の廊下を奥へ進んだ。

かつて通されたことのある客間も通り過ぎ、さらに奥へと進んでいく女中に、不審の念を抱いたのは竜晴だけではなかった。

「あのう、ずいぶんと奥まったところへご案内されるようですが」

途中で、泰山が女中の背に声をかけた。

「おきいさんは床に就いておられるということですか」

すると、女中は一度足を止め、暗い表情で振り返った。

「いえ、床に就いておられるわけではないのですが……」

そこで言葉を濁した女中は、うつむいて口をつぐんだ。

「どうしましたか」

「いえ、ただ、あまり驚かれませんように」

女中はそれ以上のことは言わず、再び前を向いて歩き始めた。竜晴と泰山は目を見合わせたものの、黙ってその後に続く。

やがて、客人たちは母屋の最も奥まったところにある廊下の突き当たりまで進んだ。頑丈そうな板戸があり、閉め切られている。

女中はその戸へ向かって、「賀茂先生と立花先生、それに花枝さまの弟さまがお越しになりました」と告げた。

「どうぞ中へ」

女の声がして、女中は戸を開けた。

「これはっ……」

泰山の口から驚きの声が上がる。

中は手前に四、五畳ほどの板の間を備え、その奥にもう一つの部屋を備えていた。そこは格子戸になっていて、奥の座敷がこちら側から見えるようになっている。

奥の座敷にはおきいが座っていた。手前の板の間には、おきいの両親と花枝が端座しており、格子戸には大きな錠が取り付けられている。

「これは、座敷牢ではありませんか」

泰山が非難の声を上げ、おきいの両親に険しい目を向けた。

「おっしゃる通りです。が、物に憑かれた娘を放っておくわけにはいきません」

父親が厳しい表情で告げる。

「これまでも、おきいさんをこうして閉じ込めていたのですか」

「前に、賀茂先生にご祈禱していただいた時にも、この娘は霊に取り憑かれていました。が、あの時はうわごとを言うくらいでしたから、ここまではしていない。しかし、今度はとても放ってはおけませんでした」

「花を鋏で切り刻んでいたと聞きましたが……」

竜晴が口を挟むと、父親は苦々しい顔を向けて、さらに続けた。

「それだけではありません。花の周りを飛ぶ蝶をつかまえては、殺してしまうのです。なぜ、そんなことをするのだと訊いても、ろくな返事はせず……。時折、何か呟いているようですが、聞き取れるのは『葵』と『蝶』という言葉くらいで……」

「賀茂先生！」

母親が必死の声で竜晴を呼び、頭を深々と下げた。

「この子はまた何かに取り憑かれてしまったんです。前におっしゃっておられましたよね。この子は物に憑かれやすい質だと。でも、こんな恐ろしいことをする物に憑かれてしまうなんて」

どうか助けてやってください——と、母親は額を床にすりつけたまま言う。

「もちろん、私はそのために来たのですから、お任せください」

と、竜晴は静かな声で告げた。

「拝見するところ、おきいさんに取り憑いているのは死霊のようで、今もおきいさんの心身を支配しているようです。早速にもお祓いをしようと思いますが、この状態では力を振るうことも難しい。お祓いには相手の——つまり祓うべき霊の魂と語り合い、心を通わせなければなりませんから」

「では、おきいをここから出すのですか。今はこうしておとなしくしておりますけれど」

母親は座敷牢の中の娘に痛ましげな目を向け、言葉をつまらせた。おきいはこちらの方を見ようとはせず、足を崩した状態で横向きに座ったまま、わずかも動かない。その手にはどうしても離さなかったらしい梅雨葵の茎が握りしめられている。

花も蕾もむしり取られ、葉も少ししか残っていなかった。

「先ほど、花を切り刻むのをやめさせようとした時にはひどく暴れたのです」

母親が恐縮した様子で言うのを聞き、

「では、おきいさんを外へ出す必要はありません。私を中へ入れていただきましょう」

と、竜晴は落ち着き払った声で告げた。

「宮司さま……」

花枝が心配そうな目を向け、

「竜晴、一人で大丈夫なのか。何なら、私も一緒に――」

と、泰山も気がかりそうに口を添える。

「大事ありません。ここは格子戸ですし、中の様子は皆さんにも見える。心配なら錠もさしていただいてかまいませんよ」

竜晴はおきいの両親に言った。

おきいの両親は竜晴と座敷牢の中の娘とを、交互に見ながら困惑気味の表情を浮かべている。だが、正気が戻らぬ様子の娘を外に出すよりは――と、結局、竜晴にお願いしますと頭を下げた。

父親が錠を外して、竜晴が座敷牢の中へ入ると、格子戸は再び閉められ、錠もかけられた。

「さて。勝手にお邪魔してしまいましたが、私とお話をしてくださいますか」

竜晴は戸の近くに正座し、おきいに声をかける。すると、それまで宙をぼうっと見つめていただけのおきいが突然、動き出した。竜晴に体ごと向き直ると、居住まいを正して、きちんと正座する。

それから、おきいはにっこりと微笑んだ。

「もちろんです。あたしはずっと、あなたをお待ちしていたのですから。本当に長い長い間ずっと——。でも、必ず来てくださると信じていました。だって、あたしたちは深い絆で結ばれているんですもの」

「な、何を言っている。これはどういうことだ！」

格子戸の向こうから、父親がいきり立って声を上げた。

「落ち着いてください、ご主人。これは憑いた霊が言わせている言葉であって、おきいさんの考えや気持ちとはまったく関わりありません」

竜晴は父親に目を向け、静かな声で告げた後、再びおきいに目を戻して続けた。

「さて、あなたは何ものなのだろう。また、私にはあなたに、そうも好かれる理由が分からないが……」

「分からない……？　そう、そうなのでしょうね」

おきいの顔から晴れやかな笑みが消えた。

「あなたは何も知らない。あたしがあなたのために何をしたのか、あたしがどれほどあなたを想っていたか。だから、あなたはあんな女を恩人だと思い込んで……」

おきいはうつむき、ぶつぶつと呟き出した。

「待ってください。私をどなたかと誤解しているようだが、それはあなたの話を聞けば明らかになるでしょう。だが、あなたの話を聞く前に、私からも尋ねておきたいことがあります」

何のことかというように、おきいが顔を上げた。

「そこにおられる大輔殿のことです」

竜晴が格子戸を通して、大輔に目を向け、つられておきいも目を外へやった。花枝の隣に座っていた大輔が驚いた様子で背筋を伸ばした。

「大輔殿はついこの間、小鳥神社の鳥居のところで倒れていました。その直前の記憶はなかった。原因は分からなかったが、私は人ならざるものの仕業ではないかと考えていました。あれは、あなたの仕業だったのでしょうか」

「ええ、その通りです。あの子があたしの邪魔をしようとしたから、返り討ちにしてやったんですわ」

おきいは悪びれもせずに答えた。

「邪魔をしようとしたとは、一体、何を――」

竜晴がさらに問うと、おきいの表情が急に変わった。怒りと憎しみに満ちた顔つきになると、おきいは不意に、

「そこの娘――」

と言うなり、花枝のことを指さした。

「そこの娘が持ってきた葵の花をつぶしていたら、あの子が何するんだってとびかかってきたの」

「えっ……」

花枝と大輔の口からそれぞれ小さな声が上がる。それから、大輔はうめき声を上

げるなり、頭を抱え出した。

「大輔、大丈夫？」

花枝が慌てて声をかけた。

「そ、そうだ。思い……出した。俺、姉ちゃんの花がどうなっているか、調べようと思って……。そしたら、そいつと出くわして……」

大輔の呟きを聞き、「なるほど」と竜晴はゆっくり言った。

「梅雨葵の花を最初に届けてくださったのは花枝殿。そして、ある時からはおきいさん、いや、あなたも届けてくれるようになった。花の色が違っていたのは、そのせいだったのですね。だが、一日に二本届けられることはなかった。つまり、花枝殿の届けてくださった梅雨葵の花を、あなたが隠していたというわけですか」

「ええ、そうよ」

「どうして、そのようなことをしたのですか」

「だって、そのままにしたら、初めに届けていたのがあたしじゃないって分かっちゃうではありませんか。あたしは、あたしだけがお花を届けているって思われたかったの」

「つまり、あなたは花枝殿が何も言わないのをいいことに、人の勘違いを利用して、花枝殿の行いを横取りしようとしたわけですね」

「あたしが悪いって言いたいの?」

おきいの声の調子が不意に冷たくなった。竜晴を見据える目には挑むような色が浮かんでいる。

「あたしは悪いことなんて何もしてないのに……。嘘だって吐いてないわ。悪いのは勝手に勘違いした方でしょう? そこの娘だって、自分のしたことを横取りされたくなかったら、そう言えばいいのよ」

「なるほど。悪いのは我々の方だと、あなたは言いたいわけですか」

竜晴が淡々と語る言葉に、

「何だと、勝手なことばかり言いやがって!」

という、大輔の怒りの声が重なった。

「大輔、やめなさい」

花枝が抑えた声で厳しく注意した。

「大輔殿、怒りを覚える気持ちは分かりますが、まず、今しゃべっているのはおきいさんではないということを忘れないでください」

続けて、竜晴が格子戸の向こう側の大輔に言う。

「言い勝ち功名ということよ」

と、おきいは楽しそうに続けた。

「言い勝ち功名だと？」

「そうよ。この世の中、とにかく先に言った者、より多くしゃべった者が勝つものなの。そこの娘は何も言わなかった。そういう人は負けてしまうの……」

勝ち誇ったようにしゃべっていたおきいの目に、その時、かすかな翳りがよぎったのを、竜晴は見逃さなかった。

おきいに取り憑いた霊自身の、この世に残した未練と関わるのだろう。

「あなたの言い分は分かりました。ひとまず、私の疑問にお答えいただきましたので、次にあなたのお話を聞かせてもらいましょう」

竜晴が切り出すと、

「ああ、やっとあたしの話を聞いてくれるのね」

と、おきいは竜晴の目をじっとのぞき込むようにしながら言った。

「ちょうじ……さん」

竜晴を見つめるおきいの目が潤み始めた。おきいはもう他のものは何も目に入らないという様子で、竜晴の顔だけを見つめ、膝をすっと進めてくる。

「ぐ、宮司さま……」

花枝が心配そうな声を上げた。

「竜晴さま、逃げろ」

大輔が言った。

「私は大丈夫です」

竜晴はおきいから目をそらさずに言った。

「私は誰かと間違えられているのでしょうが、憑いた霊に本当のことを語らせるのにはかえって好都合です。心配しないでください」

竜晴が格子戸の向こうの人々にしゃべっている間に、おきいは膝と膝とが接するほどに近付いて来ていた。竜晴は避けようとせず、

「ちょうじ、とはあなたの大事に想う人の名ですね」

と、尋ねた。

「そうよ。あなたの名前ではありませんか」

「ちょうじ、とはどういう字を書くのだろう」

「『ちょう』は蝶々の『蝶』、『じ』は『つぎ』と書く字よ」

「蝶々の蝶とは、男の名にしては変わっているな」

「もともとは違ったわ。でも、あのことがあって、蝶々は命の恩人だからって、あなたが自分で名前の字を換えたのではありませんか。もともとの字は知らないけれど……」

「そうでしたか。では、あなたの名前は何というのですか」

「あたしの……名前？」

おきいは虚を衝かれたように言い、それから目を下に向けた。その眼差しの先には、おきいがずっと手から離さない梅雨葵の茎がある。

「……あおい」

ややあってから、おきいの口からわななくような声が漏れた。

「あたしの名はあおい……。あの時、あなたが尋ねてくれたのに、答えることができなかったあたしの名前。ああ、やっと――」

おきぃの声に涙が混じる。しばらくすすり泣いた後、おきぃは顔を上げて、竜晴を見つめた。その顔はもはやおきぃのものではなく、別の女のものとしか見えなかった。格子戸を挟んで見守る者たちの目にもそのことは分かったらしく、誰かのはっと息を呑む音が聞こえてくる。だが、竜晴は落ち着いたまま、顔をあおいと名乗った霊から背けることもなかった。

「やっと、あなたに本当のことをすべて、お話しすることができるのですね」

あおいは声を震わせ、竜晴の手をそっと取った。

「この時を、どれほど待ち焦がれていたことか」

そう言いながら、あおいは竜晴の手に頬を摺(す)り寄せ、そっと目を閉じた。竜晴はされるがままになっている。

ややあって、あおいが目を開けた時、その潤んだ目には満ち足りた色が宿っていた。あおいは一つ息を吐くと、竜晴の手を握ったまま、まるで堰(せき)を切ったように語り出した。

七章　神は隠し立てを嫌う

一

そう、あたしの名前はあおい。

あたしが今、手にしているこの花の名前も葵。

花の名を聞く度に、妙に胸が騒いだのはそのせいだったんだわ。どうしてなのか、その理由が今の今まで分からなかったけれど……。

でも、あたしの名前なんて、本当はどうでもいいの。どこに住んでいたのかも、それがいつのことだったのかも、自分がどうやって死んだのかも……もうよく覚えていない。

あたしは自分の一生なんて覚えていたくなかった……。ぜんぶ忘れてしまいたかった……。

それでも、どうしても忘れられないことがあった。悔しくて無念で、どうしようもなかったこと。

それが、蝶次さん、あなたにどうしても言えなかったことよ。あなたにとって、あたしは人の数にも入っていなかったかもしれないんだけれど……。

あなたはさっき、ご自分の名前も分かっていなかったわね。なら、あたしと同じようにあなたも死んで、前の世のことを忘れてしまったのね……。

ううん、それはいいの。前の世の記憶をすべて――あのお冴のことも一緒に忘れてしまったのなら、それはそれで嬉しいくらい。

でも、今のままでは、あたしの心はいつまでも晴れない。

だから、あなたがあたしの話を聞いてくれるのなら、話してしまおうって思ったの。本当のことをすべて。あの時話せなかったことをすべて。

あなたは何もかも忘れてしまったみたいだから、一から話さなければならないわね。もっとも、あたしにも思い出せないことはいっぱいあるんだけれど……。

でも、あの頃――あたしと蝶次さんが出会ったあの頃は、あちらこちらで合戦が行われてた。

あたしが暮らしていた村も、甲冑を着けた侍たちが行き来することがあった。合戦に出向く時の侍たちはまだよかった。食べ物や酒をよこせと言うことはあったけど、こちらが素直に差し出せば、それ以上のことはしなかったから。けれど、合戦帰りの侍たちは……特に負けた側の侍は盗賊と何も違わなかったわ。抗えば斬られる、火をつけられるなんてことも……。

いいえ、そんなことは今はいいわね。とにかく、あたしはその頃、村の寺で暮らしていたの。寺にも侍たちはよく来たわ。和尚さまは決して抗わず、何でも彼らの言いなりにすべての恵みを差し出していた。

でも、そういう時、あたしは必ず、寺の裏手にある森の中に隠れているようにって言われていたわ。そこは、慣れていないと道に迷って出て来られなくなるような、深い深い森だった。

そうよ、蝶次さんとあたしが出会った森、あの森のことよ。

ああ、覚えていないのね。

いいわ、あたしがすべて話してあげるから。

あの森は、あたしたちの村では危険なところだと言われていた。村に近い辺りは、村人たちも茸やら木の実やらを採りに行くことがあったけれど、深いところまでは入って行かなかった。森を抜ければ、別の村に出られると聞いたことはあったけれど、森の奥から人がやって来ることは……ある時まではなかった。

そう、それがあなたよ、蝶次さん。あなたが森の向こう側からやって来た最初の人。だから、あたしたちの村では、あなたは特別な人に見えたの。

このことは……本当は言いたくないけれど、この先の話をするのに避けて通れないことだから打ち明けるわ。あたしが寺で暮らしてたのには理由があるの。

あたしの父親は、村にやって来た旅人の親子連れを殺してつかまった罪人だった。あたしがまだ五つにならない頃の話で、あたしの家に泊まったその親子連れのことはぼんやり覚えている。

でも、その親子連れは元気に旅立って行ったのよ。それから数日後、骸になって森の中で見つかったんだけれど。

殺したのは、あたしの父親だって聞いた。父親はつかまってからも、自分は殺してないと言っていたそうだけど、旅人の金品がうちの中から出てきて言い逃れはできなかったみたい。

父親は領主さまのお決めになった法によって死罪になったの。

あたしの父親が金品を奪い取ったのは、言い逃れのできない本当のことだと思う。でも、人殺しまでしていたかどうか、それはあたしには分からない。

父親が死んでしまった以上、確かめようもないことだし、あたしも母親もいつまでも事件のことにこだわってなんかいられなかった。とにかく、明日生きていくだけで精一杯だったから。

田畑はもちろん手放さなきゃいけなかった。母親とあたしは村人たちからさんざん罵(ののし)られ、のけ者にされたわ。母親が働いて日銭を稼ごうにも、働かせてくれるところなんてあるわけもない。

やがて、食べるものもままならなくなってきたけれど、それでも、母親は村を出て行こうとはしなかった。どこへ行こうって当てがなかったせいでもあるけど、そういう気力そのものを奪われたためだと思う。

結局、母親は父親の後を追うように亡くなって、あたしは寺の和尚さまに引き取られたの。それからはひもじい思いはしなくなったけど、罵りやいじめは相変わらず続いていた。

和尚さまはいつもあたしに言っていたわ。

「人はお前にいろいろ言うだろう。だが、お前はいっさい口を開かず、黙っていなさい。沈黙していることがお前の身を生かしてくれる」

和尚さまのおっしゃることはもっともだって、あたしは思った。だから、あたしは村の人とはなるべく顔を合わせず、口も利かないようにしていたの。

その後も、面と向かって罵られたり、嫌がらせをされたりすることはあったけれど、そのくらいで済んでたのは、やっぱりあたしが口をつぐんでいたからだと思う。何があっても、目を閉じ、耳を塞ぎ、心を閉ざして、やり過ごしていればいいんだって思った。そうすれば、時は間違いなく過ぎて行って、死ぬ時が近付いて来てくれるんだって。

和尚さまはこうもおっしゃったわ。

「善行をしなさい。誰かのためではなく、己自身のために。そして、できるだけ人に知られぬよう振る舞いなさい。よき行いを人に認めてもらえないのはつらいかもしれないが、御仏(みほとけ)はきちんと見ていてくださる。そう信じて、お前は口をつぐんでいなければならぬ」

和尚さまの教えを、あたしはきちんと守り続けた。和尚さま以外の人と口を利かず、ただ死が少しでも早く訪れることを願うだけの日々。それが、あたしの毎日だった。

けれど、それががらっと変わる日がやって来たの。あたしが十五歳になった年の春のこと。

寺の裏手の森の中で、若い男の人——そう、蝶次さん、あなたが倒れているのを見かけたのよ。

驚いているのね。何も覚えていないから？　それとも、あなた自身の記憶と違うから？

どちらでもいいわ。でも、これからあたしの話すことが真実なの。

とにかく、森の中の木の根元に、あなたは倒れていた。その体の上に青っぽい色の蝶が何匹も群がっていて、まるでここに人が倒れているよって、教えてくれているみたいだった。

本当は、あなたの体に群がっていたんじゃなくて、近くの木の樹液を吸うために蝶は集まっていたの。それでも、蝶のお蔭であたしはあなたを見つけられた。

初めは、落ち武者かしらって思ったの。落ち武者なら怖いから、和尚さまを呼んで来るつもりだった。

でも、近付いてみたら、若くてきれいな男の人だと分かった。村の男衆ではなくて、旅の人だということも。

あなたは蝮（まむし）の毒にやられて、気を失いかけていたの。あたしはすぐに寺へ戻り、傷の手当てをする道具を持って引き返したわ。

和尚さまが怪我や傷の手当ての仕方を教えてくれていたので、取りあえずの処置くらいならあたしにもできた。

あたしは毒を吸い、傷口を消毒して手拭いで巻き、あなたの手当てをしたの。ひどい熱も出ていたから、薬を飲ませ、水で浸した手拭いを額に当てて、しばらく様子を見ていたわ。

本当は寺へ連れて行ければよかったんだけど、和尚さまがお留守だったし、あたし一人の手には余った。といって、村の若い衆に頼むことはできなかったし。

必死になって介抱するうち、やがて、あなたは目を覚ました。意識も朦朧（もうろう）としているようだったけど、あたしのことをじっと見つめて、

「ありがたい……」

あなたは確かにそう呟いた。

ふつうの人にとっては、どうってことない話なんでしょう。他人に親切を施し、その人から礼を言われたってだけのことだもの。

けれど、あたしにとっては初めてだったの。誰かからしっかりと目を向けられ、お礼の言葉を言われたのは。

生まれて初めて、胸が熱くなった。人から感謝されることが、こんなにも嬉しいことだなんて。あなたが仏さまなんじゃないかと思えたくらい。

だけど、次の瞬間、あたしの心は氷水をぶちまけられたみたいになったわ。

「あなたの……名を教えてほしい」

あなたがそう訊いてきたから——。

あたしにとって、素性や名前を明かすってことは、自分が人殺しの娘だって明かすことに他ならなかった。あなたは村の人じゃないから、あたしの名前を聞いたところで、すぐにはそのことに気づかないでしょう。でも、村の人と話をすれば、すぐに分かってしまう。その時、あたしに感謝の言葉をかけてくれたあなたが、どんな目であたしを見るようになるのか、想像するだけで怖かった。

そんな気持ちも初めてだった。誰かに自分の何かを隠したいと思ったことも、自分のことを知られるのが怖くてたまらなくなったのも。

でも、あたしを躊躇わせたのは、それだけじゃなかった。

――善行をしなさい。そして、できるだけ人に知られぬよう振る舞いなさい。

和尚さまの言葉が胸の中によみがえったの。自分が助けた人に名前を教えるってことは、親切を施したのは自分だって、わざわざ言って聞かせることでしょう？

それって、感謝を期待したり、見返りを望んだりすることになるんじゃないかしら。

あたしがそんな気持ちを持つことは、とても罪深いことだし、それを人に知られたら、また皆からさんざんに罵られるって怖くなった。

だから、あたしは答えることができなかった。あなたの感謝と優しさに満ちた眼差しから逃げるように、その場を去るしかなかった。

「……待ってくれ」

あなたのすがるような声が聞こえてきたけれど、その時はただ立ち去ることしか頭になかったわ。

どのくらいの間、森の片隅で頭を抱えていたのかは分からない。

けれど、少し落ち着きを取り戻したら、あなたを放っておいてはいけないことに思い至った。和尚さまも、もう寺に戻っておいでかもしれない。和尚さまと二人でなら寺まで運べるかもしれないし、それが無理なら、和尚さまから村の若い衆に声をかけてもらえばいい。

そんな考えをめぐらしながら、あたしはもう一度、あなたが倒れていたところへ戻ったの。

驚いたことに、あなたは消えていた。あたしが傷の手当てをしていた時は、散っていた蝶が再び戻ってきて、樹液に群がってただけ。

あたしは夢を見ていたんだろうかと、初めは本気で思ったわ。人と心を通わせることなんて端からあきらめていたけれど、心の底では人恋しくてたまらなかったから、おかしな夢を見たんだろうかって。

念のため、その周辺を隈なく捜して、誰の姿もないことを確かめてから、あたしは寺へ戻った。

和尚さまには名前を訊かれたことは除いて、すべてお話ししたわ。すると、和尚さまは村へ行き、事情を聞いてきてくださった。

それで分かったの。

あたしが昼間に見たこと、経験したことは夢なんかじゃない。本当にあった出来事なんだって。

あなたは村娘のお冴の家に引き取られていた。和尚さまが聞いてきた話では、森の中の蝶が群れる木の下で倒れていたあなたのことを、お冴が見つけて介抱し、村の男たちに知らせて自分の家へ運んでもらったっていうことだった。

でもね、あなたの傷口を消毒し、手拭いで巻いたのはこのあたしなのよ。お冴はそれを見れば、自分より先に誰かがあなたの治療をしたことに気づいたはず。

それなのに、お冴はそのことを誰にも言わなかった。それどころか、その手柄まで自分のことにしてしまったのよ。あなたはお冴の家で、医者にも診てもらったんですってね。そのお医者さまは最初の手当てがよかったから、傷が悪化することなく済んだって言っていたと聞いたわ。

それは、お冴じゃなくて、あたしがしたことなのに……。

「あおい、口をつぐんでいることじゃ」

和尚さまはあたしにおっしゃったわ。

「たとえお前が正しいことを言ったとしても、世間は信じたいことを信じるもの。それと戦おうとすれば、お前が傷つくことになる」

和尚さまはあたしを心配してくださっていたの。それは分かっていたけれど、そして、あたしみたいな者が望みや欲を持ってはいけないことも分かっていたけれど、それでもあたしは言いたかった。

あなたを助けたのはお冴じゃなくて、あたしなのよって。

だって、あたしはあなたともっと一緒にいたかったから。あたしを人殺しの娘として見ることのないあなたと、あたしに感謝の言葉をかけてくれたあなたと、もっと一緒にいたかった。

ふつうの若い娘のように、好いた人のそばにいたいと思ってしまった……。

お冴はあたしが立ち去った後、あなたを見つけ、人を呼んで自分の家に連れて行き、介抱したのでしょう。それはまぎれもない事実だし、それをとやかく言うことなんてできない。

けれど、あなたを最初に見つけて手当てをし、あなたから「ありがたい……」と言われたのはこのあたし。あの人の感謝の気持ちと、あたしの大事な思い出までも奪わないで。

あたしは心の底からそう願っていた。

最後の望みは残されていたの。あなたの傷口を縛っていたのは、あたしの手拭い。その手拭いにはあたしの名前にちなんだ二葉葵の葉が刺繡（ししゅう）してあった。もしあなたが最初に自分を助けたのがお冴ではないと気づいていたなら、そうでなくても何かおかしいと思っていたなら、あなたはあたしを見つけ出してくれるかもしれない。それは、あたしが人殺しの娘だって知られることでもあるけれど、それを恐れる気持ちより、あたし自身を認めてもらいたいって気持ちの方が、その頃には勝（まさ）っていたの。

あたしはある時、思い切って村へ行き、元気になったあなたとわざと道ですれ違ったわ。気づいてくださいと祈るような思いで——。

けれども、お冴と一緒に歩いていたあなたは、あたしに気づきもしなかった。

あなたはたぶん、あたしと話をした時はまだ意識が朦朧としていて、あたしの顔もはっきり覚えていなかったんでしょう。

そして、意識がはっきりとした時には、お冴がそばにいて看病していたから、すべてお冴がしてくれたことだと勘違いしてしまったのでしょうね。

その後、あなたは森の向こうの村から来た地主の倅だと、明らかになった。名前は「ちょうじさん」といったけれど、蝶によって命を助けられたと思ったあなたは、これを機に「蝶」の字を名前に使うことにしたって聞いたわ。

あなたはその後、恩人と信じるお冴と恋仲になり、お冴はあなたのところへ嫁いでいった。あなたはきっと死ぬまで、森で最初に助けたのがお冴だったと信じていたんでしょうね……。

二

おきいに憑いたあおいと名乗る霊の話が終わった時、座敷牢と続く板の間はしんと静まり返っていた。

「あおいさんといったな」

最初に口を開いたのは竜晴であった。

「あなたの言い分はよく分かりました」

あおいが項垂(うなだ)れていた顔を上げて、竜晴を見る。

「しかし、一つだけ分からぬことがある。あなたは自分の功績が人に盗まれる苦しみをよく分かっている人だ。それならば、どうして花枝殿の行為を盗むような真似をしたのです」

「ああ……」

とだけ呟いて、あおいは竜晴から目をそらした。その後も口を開こうとしない。

「お冴という人に自分の善行を奪われてつらい思いをしたと、たった今、あなたは訴えていたではありませんか。自分がされてつらかったことを、なぜ花枝殿にしたのです？」

「……あたしはお冴になりたかったのよ」

あおいは竜晴から目を背けたまま呟くように言った。

「お冴になりたかった……？」

「そっちにいる娘は、生きていた頃のあたしと同じ。そして、あたしが取り憑いたこの娘はお冴なの。あたしはこの娘の体を使って、お冴になろうとしたのよ。お冴みたいに要領よく、仕合せになろうって……」

「それで、あなたは仕合せになれたのですか」

竜晴が抑揚のない声で尋ねると、あおいはゆっくりと竜晴に目を戻し、それから

はっとした表情を浮かべた。

「あなたは……蝶次さんじゃ……ない？」

「やっと気づきましたか。その通り、私はあなたの知る蝶次という人ではありませ

ん」

「じゃあ、あなたはいったい……」

「私はおきいさんの知り合いで、前におきいさんに憑いた霊を祓った者です」

「それじゃあ、このあたしのことも祓おうっていうつもりで……」

あおいの声が、恐怖ゆえか悲しみゆえか、かすかに震えた。

「ま、待ってください。あたしはまだ、お冴になっていない。あたしはお冴みたい

に仕合せになってからでなけりゃ、成仏できないんです」

「お冴さんのように仕合せになるとは、どういうことですか。あなたの想っていた

蝶次さんは、もうこの世の人ではないでしょう。今の世はあなたが生きていたよう

な戦乱の世が終わってから、何十年も経っていますから」

「そんなことは分かっています。だから、あたしはこのおきいって娘として、願いを叶えるつもり。おきいはあなたのことを慕っていたわ。その気持ちと混ざり合ってしまったせいで、あたしはあなたを蝶次さんと思い込んでたんですから」

「…………」

「おきいの気持ちをあたしが教えてあげるわ。この娘はあなたへ想いが伝わることを願ってたんだけど、そんな時、あるおまじないのことを聞きかじったの。神社に七日間同じお供えものを届ければ願いが叶うって。だから、あたしはこの娘に教えてあげた。蝶をいけにえにしたらいいわよって」

「なるほど、あの蝶はやはりあなたの仕業でしたか。しかし、そうするうち、花枝殿が梅雨葵をお供えしに来ていることを知り、それを横取りしようとしたわけですね」

「あおいはあたしの名前よ。もっとも、その時は思い出してもいなかったけれど。それでも、我慢ならなかった。だから、あたしはお冴があたしにしたのと同じことを、そこの娘にしてやることにしたんです」

「事情は分かりました。しかし、あなたの言い分には矛盾があります。あなたはおきいさんを通して仕合せになろうとしたのではなく、おきいさんを使って、恨みを晴らそうとしたのでしょう」

「恨み？　蝶次さんもお冴もいないこの世で、恨みなんてもう晴らしようが……」

「その通りです。恨むべき者を見出せなくなったあなたは、生前あなたにつらい思いをさせるきっかけを作った蝶を恨むことにした。願いを叶えるためのいけにえなどというのは言いわけです。神を前に、偽りの拵えごとを語った罪は重い」

「違う！　あたしは本当に、ただお冴みたいになりたくて……」

「あなたは十分、花枝殿を苦しめた。花枝殿はあなたを直に責めはしなかったかもしれないが、事情を知った大輔殿はあなたを責めたはずです。あなたはお冴さんと同じことをし果せたと言っていい。それで、あなたは仕合せになれたのですか」

「だから、それはまだ、これから……」

「これから、仮に私がおきいさんの想いを受け容れたなら、あなたは自分を仕合せだと思うことができるのですか」

「………」

「生憎だが、私は初めから、梅雨葵がふた色あることに気づいていました。それぞれの花は別の人がもたらしたものだということも」

あおいは驚いたように目を瞠り、竜晴を見つめた。

「蝶次さんという人の心は私にも分かりようがありません。しかし、蝶次さんとお冴さんが必ずしもあなたの思うような仕合せな生涯を送ったのかどうかは、分からないと思います」

「竜晴の言う通りですよ」

その時、それまで誰も口を利かなかった格子の向こう側から、声が上がった。泰山が格子に手をかけ、懸命の面持ちであおいに語りかける。

「たとえ誰が知らなくとも、神さまはご存じでしょう。そして、人を欺いたことのほころびはどこかに出てくるものです」

あおいの目が泰山を捕らえた。竜晴は「あおいさん」と強い声で呼びかけ、その目を強引に自分へと向けさせる。

「あなたにはもう失せてもらいましょう。その体はおきいさんに返してもらいます」

竜晴は厳しい声で続けると、不意に立ち上がった。

「願わくは、生前、誰にも訴えることのできなかった言の葉を言い尽くし、心残りなく彼岸へ赴かれんことを」

「い、嫌だ。あたしはまだこの世で――」

あおいが頭を抱え込み、その場に突っ伏した。

「待ってください」

話に割って入ったのは花枝であった。

「お祓いの前に一言だけ言わせてください」

花枝は小刻みに震えているあおいの背に、優しい声で語りかけた。

「あおいさん、私はあなたを恨みはしません。そして、あなたの気持ちもよく分かります。お冴さんになりたいと思ったあなたの気持ちも……」

その瞬間、あおいの体の震えが突然止まった。あおいはゆっくりと顔を上げ、その目が花枝の姿を捕らえようとする。

「いけない」

竜晴がいつになく鋭い声で言い、二人の間に立ちふさがるようにした。

「泰山、花枝さんを外へ連れ出してくれ」

泰山に背を向けたまま、竜晴が言う。

「どういうことだ」

「霊に同調しかかっている。お前も花枝さんもだ。おそらく、あおいさんを哀れに思ったんだろう。しかし、下手をすると、おきいさんの体から祓った後、取り憑かれる羽目になる。この場にはいない方がいい」

竜晴の言葉を受け、泰山は花枝を伴い、板の間の外に出た。大輔も二人の後に付いていく。

おきいの両親は娘のそばから離れるつもりはないようで、その場に残った。

「どうして、あの人たちを追い出すのです？　あの人たちは本当に優しい人。あたしが生前、出会うことのできなかった優しい人たちなのに……」

あおいは竜晴の袖に取りすがって訴えた。

「だからといって、その優しさに付け込んでよいということにはなりません。仮にあの人たちがあなたを許したとしても、神はあなたの罪を許さない」

竜晴はあおいにつかまれた袖を振り払った。

「あたしがしたことはそんなふうに非難されるような罪なんですか。あたしはお冴がしたように黙っていただけ。嘘を吐いたわけでも何でもないのに……」

「口をつぐむことにも嘘を吐くことにも、許されることと許されざることのふた色がある。あなたが生前、和尚さまの言いつけに従って善事に口をつぐんだのは、褒められたことでしょう。同じように善事に基づき、許される嘘もある。しかし、おきいさんに取り憑いたあなたがしたことは、自分に都合よく真実を隠そうとした悪事に他なりません」

竜晴は、指を二本立てて軽く握った右手を顔の前へ持ってくると、静かに目を閉じた。

「悪事も一言、善事も一言。一言で言い離つ神、葛城の一言主」

高らかに唱える竜晴の声が座敷牢に響き渡る。

「覚えておくがいい。神は隠し立てを嫌う」

竜晴は呪を唱え出した。

火途、血途、刀途の三途より彼を離れしめ、遍く一切を照らす光とならん
オンサンザン、ザンサクソワカ

あおいは再び頭を両手で抱え、その場に身を伏せて、苦しげな声を上げている。

「おきい、大丈夫か」

「しっかりして、おきい！」

口々に娘の名を呼ぶおきいの親の声が、死霊の苦悶の声に重なった。

「懺悔滅罪、悪霊退散」

竜晴は最後にそう言い切ると、右手を大きく上へ振り上げた。その手の先には明かり取りの窓があり、光の射し込むその先の空の彼方へ、何かが吸い込まれていく。

その直後、おきいの体はぐったりとなり、苦悶の声も消えた。

「おきい！」

おきいの父親が座敷牢の錠を外し、中へ入ってきた。母親もそれに続き、二人は大慌てでおきいを抱き起こした。

「今は意識を失っていますが、死霊は離れました。目覚めた時は、いつものおきいさんに戻っているでしょう」

竜晴はおきいの両親に告げた。

「あ、ありがとうございました、賀茂先生。前の時に引き続き、この度までも娘を助けてくださいまして」

日を改めて御礼に伺います——と頭を下げるおきいの両親に、竜晴はうなずき、先に座敷牢を出た。さらに板の間を通り抜け、廊下へ出ると、先に出た三人が待ち受けていた。

「終わったのか」

と問う泰山に、竜晴はおもむろにうなずき返した。

「おきいさんはもう大事ありませんから、ご両親に任せて私たちは帰りましょう」

花枝と大輔に向かって告げると、二人は無言で首を縦に振る。

四人はそろって、おきいの家を後にした。

「花枝殿、まことにもって申し訳ないことをいたしました」

帰り道、深々と頭を下げ、花枝を困惑させたのは泰山であった。

「お顔をお上げください」

道行く人の目もかまわない泰山の謝罪に、花枝は慌てて言った。

「どうして泰山先生が謝ったりなさるのですか」

「花枝殿の手柄を勝手に取り上げ、おきいさんに与えたのは、この私なのです。何もかも、私の勘違いが招いたことで……」

「手柄って、私はそんな大したことをしたわけでは——」

花枝は首を横に振る。

「とにかく、泰山先生のせいだなんて思っておりませんから」

「では、私を許してくださるのですね」

泰山はぱあっと顔を明るくしたが、花枝はますます困惑した顔つきになる。

「花枝殿はお前を悪いとは思っておられないんだ。そうおっしゃる人に、許してくれたのかと念押しするのは筋違いだろう」

竜晴が口を挟んだ。

「それはまあ、そうだが……」

泰山はいささか不服だというような眼差しで、竜晴を見つめ返した。

「大体、お前は初めから、梅雨葵がふた色あることに気づいていたと言っていたな。それならば、私が勘違いをした時に、どうして正してくれなかったんだ。あの時に、お前が教えてくれていたなら、そもそもこのような事態には……」

「いや」

と、長々と続きそうな泰山の言葉を、竜晴は遮った。

「私だって、花枝殿のしたことと分かっていたわけではない。しかし、誰の仕業であれ、ひそかにしていることだ。ならば、こうではないかと推測した内容を、人前でしゃべってしまうわけにはいかないだろう」

「宮司さまは、そこまで深くお考えをめぐらしてくださっていたのですね」

花枝が目を輝かせながら竜晴を見つめた。

「しかし、花枝殿が願掛けをしていたことを、あの場にいた者が皆知ってしまいましたが、それはかまわなかったのでしょうか」

「はい、あのことはもうよいのです。例のおまじないはお供え物を届けている七日の間、知られないように気を付ければいいのですから」

花枝はにっこりと明るい笑顔を浮かべて答えた。

「ならば、花枝殿の願い事というのは、もう叶ったというわけですか」

ひどく率直に尋ねる泰山に対し、花枝は「それは、まあ」とあいまいに答えた。

「願いが叶った後であれば、それについて話すこともできるのですか」

「別にお話ししてもかまわないのですが、それはまたの機会にいたします。おきいさまのご容態が治った時にでも、また改めて」

花枝はきっぱりとした口調で言い、その話を打ち切った。すると、大輔が「それより、竜晴さまさあ」と待ちかねた様子で口を開く。

「あのおきいって女は、竜晴さまのことが好きだったってことなんだよな」

「さて。先ほどの言葉はおきいさんが口にしたわけではなく、あおいと名乗る死霊が言ったことであって、鵜呑みにしてはならないと思うが」

「じゃあ、あおいっていう霊が竜晴さまを好きだったのかな？」

「あおいさんは蝶次という人を慕っていたのだろう。はっきりとそう言っていたではないか」

「でもさあ、何だかあいつ、その蝶次さんって人と竜晴さまの区別がついてなかったみたいだしさあ」

そこがどうしても気がかりなのだという口ぶりで、大輔が言った。

「あおいさんのことは気の毒だと私も思いましたけれど、宮司さまが死霊に好かれていると聞けば、何だか心配になりますわ」

花枝が気がかりでならないという眼差しを竜晴に向けながら言う。

「大丈夫ですよ、花枝殿。死霊に気に入られたことなど、これまでに幾度もあります」

竜晴は平然と述べた。花枝の顔色は瞬く間に蒼ざめてしまった。

「そんな……。それでは、その霊たちに憑かれそうになったり、あの世に連れて行かれそうになったり、なんてしたこともあるのですか」

「まあ、そうですね」

「とんでもないお話ではありませんか。宮司さまをお守りするには、どうすればよいのでしょう。私たちにできることは何でしょうか。遠慮なくおっしゃってくださいませ」

花枝は真剣そのものの表情で訊いた。

「人ならざるものが何を仕掛けてこようとも、こちらがそれに勝る力を備えていればよいのです。私よりも」

竜晴は余裕のある口ぶりで言った後、花枝と泰山の顔を交互に見つめた。

「花枝殿と泰山こそ注意してください。死霊や物の怪の言い分に耳を傾けるのはともかく、あまり同調してはいけません」

「あ、ああ。さっきは、確かにあのあおいさんという霊があまりに気の毒に思えてな」

泰山が言い訳するように言う。

「私もですわ。何となく他人事のように思えず……」

と、花枝も続けて、溜息混じりに呟いた。

「そう思うのは、お二人が優しいからですが、しかし、相手はすでに生きている人ではなく物の怪なのです。人の心に隙があれば付け込むことを躊躇う輩ではありません。そのことをどうか忘れぬように」

竜晴の忠告に、泰山と花枝は思い思いにうなずいた。そのやり取りが終わるのを待ちかねた様子で、

「で、あのおきいって女が竜晴さまのことを好きだったとしたら、どうするのさ？」

と、大輔が重要なのはこっちだと言わんばかりに、話を元へ戻した。

「どうするとは？」

竜晴は首をかしげて問う。

「だから、それに対して、竜晴さまはどうするのか、教えてくれって言ってるんだよ」

「それは、私もぜひお聞きしたいですわ」

花枝が我に返って、真剣な表情を向ける。

「別に、どうするつもりもないが」

竜晴はいつもの淡々とした調子で答えた。

「それは、あいつを嫁さんにする気はないっていうことだよな」

大輔が竜晴に身を乗り出すようにして訊いた。

花枝が「ちょっと」と恐縮した様子で、大輔の袖を引いた。

「大輔殿はどうして、そんなにおきいさんのことを気にするのだ？」

泰山が不思議そうな目を向けて大輔に問う。

「竜晴さまの嫁さんは、俺たち氏子にとっても大事な話だろ。俺はあの女が嫌いなんだ」

大輔は胸をそらして答えた。

「何を言うの。お前の好き嫌いで、宮司さまの……その、そのう、お連れ合いが決まるわけではないのよ」

花枝が頰を赤く染めながら懸命に言った。

「けどさあ……」

大輔はふて腐れた様子で口を尖らせたものの、「ま、いいや」と自分を納得させるように言った。

「竜晴さまがあの女を何とも思ってないって分かって、すかっとしたから」

大輔の傍らで、自分も同じだというふうに、花枝が安堵の表情を浮かべている。

「あ、そうだ。泰山先生はあのおきいって女のこと、好きだったりしたの？」

突然思い出したという様子で、大輔は泰山に目を向けて訊いた。今度はただの純粋な興味の色だけを目に浮かべている。

「私が？」

泰山は突然の問いかけに、目を丸くした。

「いや、私はあの子がもっと小さい頃から、医者として診てきたからな。自分の子供のようにしか見えん」

「お前、子供を持ったことなどないだろうに」

竜晴が驚きの目を向けて言うと、

「持ったことはなくても、想像はできるだろう」

と、泰山は事もなげに答えた。竜晴はしばらく沈黙していたが、

「……いや、それは難しそうだ」

と、ややあってから、大真面目に答えた。

三

ちょうど同じ頃、上野の東叡山(とうえいざん)寛永寺では、天海がいつにない慌ただしさで駕籠に乗ろうとしていた。そこへ来合わせた伊勢貞衡が急いで駕籠へ走り寄る。

「お出かけでいらっしゃいますか」

「おお、伊勢殿」

天海は申し訳なさそうに言葉を返した。

「貴殿とお会いする約束であったが、申し訳ない。ただならぬことが起き、急ぎ出かけねばならなくなりました」

「お急ぎとは、ご登城でございますか」

貞衡は丁重に訊き返す。

「いや、城ではないのですが」

「失礼ですが、お供の方は……」

「急なことでそろえている暇がござらぬ。拙僧一人で参るつもりです」

「それは、危のうございます。差し支えないのであれば、それがしがお供つかまつりましょう」

貞衡が申し出ると、天海は「いやいや」と首を横に振った。

「上さまのご家臣たるお旗本に供をしていただくなど、おそれ多い」

「何を申されます。大僧正さまはこの江戸をお守りする大切な御身。旗本たるそれがしがお供をすることに、何の差し支えがございましょうや」

貞衡の生真面目な返事を聞き、天海は少し沈黙した。ややあって貞衡に目を向けると、

「それでは相済まぬが、拙僧はこの駕籠で先に芝の増上寺へと向かっており申す。貴殿も駕籠を見つけ次第、増上寺を目指してくだされ。門前にて落ち合いましょうぞ」

と、慌ただしい口ぶりで告げた。とにかく一刻も無駄にしたくないという様子であった。

「かしこまった。芝の増上寺門前でございますな」

貞衡は表情を改め、物々しくうなずいた。

「不肖伊勢貞衡、先祖の名誉にかけても、身を挺して大僧正さまをお守りいたします」

貞衡の言葉を聞き届けるや、天海は目の前の駕籠に乗り込んだ。

駕籠が走り去るのを一礼して見送った貞衡は、腰にさした二刀を抜くや、手でしっかり握り直した。それから付き従っていた家臣に向かって何事か告げると、家臣

の男は一礼して駆け出して行く。

一人になった貞衡はその足で駕籠を追いかけるように走り出した。自分の乗る駕籠が見つかるまでは、自らの足で距離を稼ぐつもりであった。


途中で泰山や花枝たちと別れた竜晴は、小烏神社への帰り道を急いでいた。

すでに千吉は帰っているだろうが、出がけに聞いた芝での話が気になっている。

(帰ったらすぐ、小烏丸と抜丸を連れて芝へ出かけた方がいいだろうな)

場所が江戸の裏鬼門に当たるだけに、話を聞けば、天海大僧正も気にかけるだろう。先に寛永寺へ知らせた方がいいかもしれない。

その間に、小烏丸を芝へ先行させてもいいが、怪我が治ったばかりで、不安が残る。ならば、竜晴と小烏丸で芝へ向かい、人型の抜丸を寛永寺に行かせる方がいいか。しかし、人型の付喪神は天海以外の人には見えず、途中で不審に思われるような事態を招いたら困る。

結局、二柱の付喪神たちと一緒に寛永寺へ行ってから芝へ向かうのがいちばんだ、という結論に達した時、竜晴は神社に到着した。

見れば、鳥居の上に小烏丸が止まっている。どうやら竜晴の帰りをそこで待ち構えていたようで、竜晴が右腕を差し出すと、すぐに舞い下りてきて、

「大変だ、竜晴」

と、まくし立てた。

「どうした。千吉さんに何かあったのか」

竜晴が問いかけながら奥へ進むと、

「いや、あの若造は何事もなく帰って行った」

と、小烏丸は答えた。

「それより、空から文が落ちてきたんだ」

「空から文が——？」

「そうだ。庭に落ちてきたのに、抜丸が気づいた」

口惜しそうに、小烏丸は報告する。

「我が最初に気づいていれば、すぐに飛び上がって何ものの仕業か確かめられたんだが、生憎、樹上でうつらうつらしていたのでな。怪我をして、寝ているのが当たり前の暮らしが長すぎたせいか、どうも……」

「それでは、何ものの仕業かは確かめられなかったのだな」

小鳥丸の言葉を遮り、竜晴が問うと、

「……すまぬ、竜晴」

と、小鳥丸は申し訳なさそうに答えた。

「抜丸の知らせを受けてから、空に飛び上がってはみたんだが、未申（南西）の方に飛んでいく鳥の影らしきものが見えただけだ」

「未申に……？　その鳥が落として行った見込みはあるのだな」

「うむ。確かではないがな」

南西は江戸の裏鬼門、芝のある方角である。

そして、鳥の影と聞いて、竜晴が思い浮かべたのは、伊勢貞衡が飼っている鷹のアサマであった。それがアサマであったとすれば、文は貞衡が遣したものということになるが……。

小鳥丸からの報告を聞き終わった頃、竜晴はちょうどいつもの庭へ足を踏み入れた。すると、白蛇の抜丸が折り畳まれた紙を口にくわえ、するすると這い出してきた。

「それが、空から降ってきたという文だな」

竜晴はすぐに言い、抜丸からそれを受け取った。紙を開くと、中には、

「ただちに芝へ来られたし。寛永寺はすでに向かふ」

と、書かれている。四角張った筆跡は竜晴の知らぬものであった。寛永寺とは寺そのものではなく、天海大僧正のことを指しているのだろう。つまり、天海はすでに芝へ向かっているということだ。

「なるほど、芝か」

千吉の話に、南西へ飛んで行ったという鳥の影、そして、この文の内容。芝で何かが起ころうとしている。

「ただちに、とある以上、芝へ急ごう」

竜晴はすぐに告げた。その言葉に飛びつくように、抜丸が「はい」と答える。竜晴は抜丸に目を向けると、

「何があるか分からない。お前が最も力を発揮できるように、本体を持って行こう」

と、告げた。それから竜晴は拝殿へと向かい、奥に安置された刀を手に取った。

白蛇の抜丸は無言のまま竜晴の後ろに続いている。

「お前は本体に戻っているように」

竜晴が言うと、すぐに「かしこまりました」と声が聞こえ、その直後、抜丸の姿は白い煙に包まれた。その煙は竜晴の手にある刀の中に吸い込まれていく。煙が消えた時には、抜丸の姿もなくなっていた。

刀の抜丸をしっかりと握った竜晴が、拝殿の外へ出ると、小烏丸が待ち構えている。

「お前は先に芝へ向かってくれ」

と、竜晴は小烏丸に指示を下した。

「分かった」

と、小烏丸がすぐに答える。

「ただし、芝に着いたら、様子をうかがうだけにするのだ。自分だけで何とかしようとはするな」

「うむ。用心する」

小烏丸は神妙に答え、それから「行け」という竜晴の合図と共に空へ舞い上がって行った。それを見送ってから、竜晴はその足で神社の外へ出た。

足早に進んで大通りに出ると、すぐに駕籠が見つかったので声をかける。

「芝の増上寺近くまで。金は弾むからできるだけ早く頼む」

竜晴はいつになく緊迫した声で、駕籠かきたちに頼んだ。

八章　あふひ花咲く

一

芝の増上寺門前で落ち合った天海と伊勢貞衡は、申し合わせたように灰色の空を見上げた。上野を出た時は晴れ渡っていた青空が、芝へ到着した時にはすっかり曇っている。

梅雨の時節、雨雲が垂れ込めるのも、天気が変わりやすいのも、めずらしいことではない。しかし、今日の空のどんよりとした暗さは薄気味悪いものであった。

「貴殿を巻き込んで、まことに申し訳ない。拙僧を案じてくださるのはありがたいが、これより先のことは拙僧にも分からぬ。いざという時には、己が身を守ることを第一に考えてくだされよ」

天海は貞衡に告げた。

「何を申されます。大僧正さまの御身こそ、我が刀にかけてお守りいたしましょうぞ。しかし、大僧正さまにも分からぬ事態とはいったい……」

貞衡は頼もしい言葉を吐いたものの、表情は困惑気味である。天海はおもむろにうなずいてみせた。

「ここは江戸の南西、すなわち裏鬼門に当たる場所。増上寺をここに移したのは、悪鬼、邪霊の入り込むのを防ぐためでありました」

「その話はそれがしも存じております。大僧正さまが寛永寺で江戸の鬼門を守っておられることも」

「さよう。この度、祈禱の際にある兆しを得ましてな。それが『裏鬼門に難あり』というものでした」

天海の説明に、貞衡は納得した様子でうなずいた。

「そうでしたか。まこと、江戸の守りは大僧正さまあってのことと感じ入りました。しかし」

そこで、増上寺の門前へ鋭い目を向けてから、貞衡は語り続ける。

「裏鬼門に難あり、とは……。増上寺で何かが起こるということでしょうか」

「拙僧も初めはそう思ったのだが、境内に禍々(まがまが)しい気配はござらぬ。それよりも、あちらですぞ」

天海はそこからさらに南西に当たる方角の雑木林を指さした。目を向けた貞衡の口から「あっ」と驚きの声が漏れる。雑木林の上空が不気味な赤黒い色に染まっていた。

「先ほどからあんな色をしていたでしょうか」

訝るような声で、貞衡が呟く。

「いや、初めはそうでもなかったが、刻一刻と禍々しい色に変わっていきました。元凶はまさしくあそこでしょう」

言うなり、天海は林を目がけて歩き出そうとする。

「お待ちください」

貞衡は慌てて、天海の前に立ちふさがった。

「我々だけで行くのは危うい。せめて寺社奉行の侍を呼ぶなり、増上寺の僧侶たちを呼ぶなり、人数をそろえて向かった方が……」

「いや、大人数だから安心できるわけでも、剛力自慢や剣豪だから勝てるわけでもありませぬ」

天海はきっぱり否定した後、貞衡の目をまっすぐ見据え、改めて「伊勢殿」とその名を口にした。

「貴殿がいかなる剣の使い手であっても同じこと。ゆえに、ここでお待ちくださって一向にかまいませぬし、むしろその方がよいかもしれぬ。だからといって、貴殿を臆病者と見下すようなことは断じてありませぬ」

「何をおっしゃいますか。ここで置いてきぼりを食らうのでは、何のために付いて来たのか分かりませぬ。よろしい。それがしが先駆を務めさせていただきますぞ」

自らを鼓舞するように言い、貞衡は天海の前に立って大股に歩き出した。

「伊勢殿」

たしなめるように天海が呼んでも、貞衡はすでに歩き出しており、振り返る様子もない。天海は無言でその後に続いた。やがて、林の入り口に差しかかる時、天海は「ご注意召されよ」と一言述べた。

「かしこまってござる」

仰々しく答えた後、貞衡は一歩ずつ踏みしめるように進んでいく。その時には、林の上空は毒々しい赤黒さに染まっていた。

天海の脳裡を、竜晴の端整な顔がよぎっていった。

竜晴との付き合いが始まったのはごく最近だが、その父竜匡の代から天海は付き合いがある。今は亡き竜匡がかつて幼い我が子のことを、一族の中でもまれに見る逸材と言っていたことを、天海は思い出した。

(ここへ来る前に、あの男に声をかけてくるべきだったか)

ふと、天海の心に迷いが生じた。

先ほどはとにかく一刻でも早く芝へ行かねば、と気持ちが焦っていた。自分なくして誰が江戸を守れるだろう。力を持たぬ者をどれだけ連れて来たところで、何の意味もない。そう分かっていたから、寺社奉行の侍も待たず、弟子たちを連れて来ようともしなかった。

だが、せめてあの竜晴にだけは事を知らせ、連れ立って来るべきではなかったか。

万一、悪鬼や悪霊の力が桁外(けたはず)れだったとしても、自分とあの宮司、二人の力をもってすれば、倒せるはずだ。

そう考えた時、天海ははっとした。

（私は、己一人では退治できぬと思っているのか）

どうして、こうも弱気になっているのだろう。

怨霊の調伏（ちょうぶく）をするのが初めてというわけでもない。竜晴と力量を比べ合って、自分が劣っていると決まったわけでもない。

（それなのに、何ゆえ――）

自分も年を取ったということか。それとも、あの男に潜在する力の大きさを、無意識に感じ取っていたということか。

心に浮かぶ雑念を完全に払いのけられぬうちに、前を行く貞衡の足が不意に止まった。明らかにそれまでとは違う光景が目の前に開けている。そこは、林の中にぽかりと空いた平地であった。

それだけならば、驚くほどのことではない。

その地はおぞましく穢れていた。

さまざまな獣の死骸がもはや元の形を留めていない状態で、小山となって積み上げられていた。

犬も猫も死んでいる。鶏の羽、鼠のしっぽと思しきものも飛び散っている。死骸の山の周辺は赤黒い血で染まっており、貞衡は手で鼻の前を覆っていた。

天海は、全身を上空から叩き落されたような衝撃を覚えた。同時に、異臭がどかんと襲いかかってきた。

これほどの凄まじい異臭に、今まで気づかなかったのは、物思いにとらわれすぎて嗅覚が鈍っていたからか。目がそれを知覚した途端、天海が嗅がされた臭いは鼻が曲がるほどであった。

「大僧正さまはここにいてください。それがしが近付いて様子を見てまいります」

貞衡が鼻と口を手で覆ったまま言った。くぐもって聞き取りにくい。この穢れた気を吸い込むまいとしてか、貞衡もあまり大きな声を出そうとしない。

「何と申された？」

天海は訊き返したが、その声もまた貞衡に届いていなかった。貞衡は死骸の山へ向けて歩み始めた。

「伊勢殿、止まりなさい！」

慌てて天海は叫び、貞衡の腕をつかもうとした。が、天海の手は空を切り、貞衡は前へ進んで行く。その時――。

「我が主よっ！」

天空からそう叫ぶ声を、天海は聞いた。

天海が空を見上げた時、貞衡も驚いて空を仰いでいた。

一羽の鷹がものすごい勢いで落下してきた。

天海は一瞬、前に貞衡が鷹に襲われかけ、小烏丸に助けられたという話を思い出した。またしても、貞衡を狙う鷹が現れたのか。

「危ない！」

天海が声を振り絞った時、鷹が貞衡に激突した――と、天海の目には見えた。が、次の瞬間、鷹の姿は消えていた。代わりに、貞衡が弓矢を手にしている姿が目に入ってきた。

（何と。伊勢殿は弓矢など持ってはいなかったはずだぞ）

では、あの弓矢は降ってわいたとでもいうのか。否。

（まるで、伊勢殿にぶつかった鷹が、一瞬で弓矢に形を変えたかのような――）

その時、天海は前に竜晴が抜丸や小烏丸の正体について、教えてくれた話を思い出した。

(では、あの鷹も付喪神だったのか)

伊勢家に伝わる弓矢が付喪神となって、鷹の姿を得たというのであれば、辻褄は合う。

(いや、かような時に、私は何を考えているのか)

と、天海が思っているうちに、貞衡は手にした弓に矢をつがえ、死骸の山へと向けていた。

「伊勢殿、何を――」

天海が声を放つのと同時に、貞衡は矢を放った。一瞬の後、鋭い矢は小山の真ん中に突き立った。

その途端、真上の空から禍々しい光が差し込み、同時に地を震わせるような轟音が鳴り響く。

「うわあっ」

天海も貞衡も声を放ち、その場に膝をついていた。

雷がこの地を目がけて落ちたのだった。

ふつうの雷ではない。遠雷の音も聞こえず、突然、この地に落ちた。そして、それは一度きりで終わった。

天海が恐るおそる目を開けると、雷の直撃を受けた小山はすでにその形を成してはいなかった。そして、地面に散らばった骸たちは不気味に蠕動し始めていた。

まるで生き物のようだ。ただし、それは死骸が生き返った動きではない。それらはまったく別の何ものかに変貌しようとしている。

息を呑んだまま、天海は目をそらすことができなかった。

不気味でおぞましく、目を背けたいそれは不気味なうごめきをくり返し、やがて一つの形を成し始める。

天海はただ見ているしかできなかった。

その時、天海は自らが金縛りに遭っていることにようやく気づいた。

心の臓の打つ音がかつてないほど大きく聞こえた。

天海は恐れた。自らの体もまた、この不気味な何かの一部にされるのではないか、と――。

だが、そうなる前に目の前の何ものかが、はっきりとした形を取り始めた。大きな頭、ぬらぬらと動く胴体、不気味なぬめりをもって鈍く光る鱗を持った皮膚。

——大蛇だ。

天海の前に現れ出たのは、人の三倍ほどの大きさを持つ黒い大蛇であった。

（いかん。こやつを放置すれば、結界が破られ、禍々しいものたちが江戸中にあふれ出る）

天海はかろうじて残っている正気をかき集めた。体はなおも金縛りで動かない。これを自力で解けるかどうかにすべてがかかっている。

その時、天海の目と大蛇の黄色い目が合った。その口から鮮やかな深紅色の舌が吐き出された。

（呑み込まれる！）

金縛りはまだ解けない。

「大僧正さまっ！」

貞衡の悲痛な叫び声が上がった。貞衡は金縛りに遭っていないようだ。

（動くな。何もしないでくれい）

天海は心の中で必死に祈ったが、貞衡には通じなかった。貞衡は弓を放り捨てると刀を抜き放ち、果敢に大蛇に向かって行く。その体を大蛇の尻尾(しっぽ)が勢いよく跳ね飛ばした。

飛ばされながらも、その直前、貞衡は刀を大蛇の鱗に突き立てた。が、それもまた跳ね返され、貞衡の体とは別々の方向へ飛んで行った。

（伊勢殿っ！）

貞衡の懸命の抵抗ぶりが、天海の力を引き出した。

（解っ！）

天海は金縛りから脱することができた。

その途端、体を引きちぎらんばかりの暴風が吹き荒れ、空からは豪雨が降り注いできた。

（この悪鬼を退治することができるのは、大元帥法(だいげんすいほう)のみ）

かつては天皇以外の者が唱えることを禁じられていた呪法である。国家鎮護の法と言われ、国土を脅かすあらゆる禍(わざわい)を祓い、敵を倒す最強の法であった。

遠い昔、宮中で行われていたという大元帥法の詳細は伝わっていない。しかし、別の形で大寺院や大神宮に伝えられた大元帥法があり、天海はその一つを学んでいた。

「兵火獣（へいかじゅう）いかなる災禍（わざわい）をもたらせど、我、彼に敗れる無く……」

天海が印を結び、大元帥法の呪文を唱え始めた時であった。

大蛇の体が襲いかかってきて、天海の体にぐるぐると絡み付いた。それでも、天海は呪法を唱え続けた。

今はもはや、天海が呪法を唱え切るのが先か、大蛇に身を食われるのが先か、ただそれだけだ。仮に大蛇の腹の中に納まることになろうとも、大元帥法だけは唱え切ってやる。

天海はその意気込みで、呪文を唱え続けた。

「……我、彼に敗れる無く、彼、我に勝ること無し。難一切を除きて、国家鎮護す」

そして、大元帥明王（みょうおう）の真言（しんごん）「ノウボウタリツ」を唱え始めた時であった。

「去（い）ね」

山中を流れる清水のような声を、天海は聞いた。

二

天海の身はいつしか地に横たわっていた。大元帥明王の真言を唱えることも忘れてしまっていた。

「大事ありませんか」

聞き覚えのある声に安堵を覚えながら目を開けると、竜晴の顔があった。

その髪から頬から滴（しずく）がしたたっている。雨が降っていたのだった。

先ほどまでの恐怖をかき立てる豪雨ではなく、浄化の雨と感じられる。それは、竜晴の手を借りて天海が体を起こした時、ちょうど降りやんだ。

空は曇っていたが、あのおぞましい赤黒い色ではなくなっている。急いで先ほど大蛇がいた場所に目を向けると、今は円形の窪（くぼ）みができており、その中央に刀が突き刺さっていた。その刀に何やら細く白いものが巻きついており、よく見ると、それは小さな蛇なのであった。まさか、あれが先ほどの大蛇のなれの果てか、と思った直後、

「ご安心を。先ほどの大蛇はすでに去りました」

という竜晴の穏やかな声が聞こえてきた。

「あの刀は貴殿のものか」

天海が尋ねると、

「はい。あの白い蛇も」

と、竜晴が答える。それで、天海は刀がただの刀でないこと、白蛇がただの蛇でないことを察した。

辺りを見回すと、少し離れた場所に貞衡が茫然（ぼうぜん）と座り込んでいる。その無事な姿を見るなり、天海の張りつめていた糸がようやくゆるんだ。

「大蛇はどこへ？」

「奴が元いた場所へ」

竜晴は静かに答えた。

「貴殿がやったのか」

「はい」

「しかと見ていたわけではないが……。呪文を唱えたふうでもなかった」

「『去ね』と命じました」

「何と。その一言で、あの大蛇を操ったと？」

「大僧正さまとて、印も結ばず呪文も口に出さず、相手を金縛りにできますでしょう」

「不動の金縛りの術とはわけが違う。第一、相手があああもおぞましい闇の生き物では……」

　そう言いかけた天海は、問答をしている場合ではないと気づいた。

「貴殿はあれが元の場所へ戻ったと申された。やはりここの結界が破られていたということですな」

「まだ完全に破られたわけではありませんが、ほころびは生じています。今はあの刀でほころびが広がらぬよう封じておりますが、大僧正さまが大元帥法を唱え、改めて結界の力を強めた方がよろしいでしょう」

「了解した」

　天海はすぐ、竜晴の介添えを受けつつ立ち上がった。先ほど唱え切っていなかった大元帥法を再び唱える。

兵火獣いかなる災禍をもたらせど、我、彼に敗れる無く、彼、我に勝ること無し
難一切を除きて、国家鎮護す
ノウボウタリツ、タボリツハラボリツ、シャキンメイシャキンメイ
タラサンダン、オエンビソワカ

「この江戸の裏鬼門を守護したまえ」

と、厳(おごそ)かに唱えたのを最後、天海は印を解いた。

一仕事終えた疲労が体に襲いかかってきて、天海はよろめいた。

「大僧正さま」

体を支えてくれたのは、先ほどまで傍らにいた竜晴ではなく、貞衡であった。

「伊勢殿、ご無事であったか」

「はい。大僧正さまと賀茂殿のお蔭をもちまして」

貞衡は丁重な態度で応じた。天海は一呼吸すると、体勢を整え、貞衡の助けなくして立つ。

「互いに、恐ろしきものを見ることになったが、無事であったのが何よりのこと。ところで」

と、天海は改めて貞衡の全身を見つめた。

「あの大蛇は別にして、その前に伊勢殿は鷹に体をぶつけられたようであったが」

瞬き一つせず、慎重に貞衡の様子を見守り続ける。が、

「鷹……でございますか」

と、不審げに訊き返した貞衡の表情に、不自然なところは見当たらなかった。

「あの死骸の山を目にしてからはもう無我夢中でしたからな。どこに何がぶつかったのかなど、さして気にもしていられませんでした。あちこちに痛みは残っておりますが、さほど苦しいことはなく、鷹の嘴やら爪やらで攻撃された跡もないようですが」

貞衡は自らの小袖や袴を確かめながら答えた。

あの時は、天海も心が平静ではなかったから、あれが確かに鷹だったかと訊かれると、自信を持って答えることはできない。しかし、何かが空から降ってきて、貞衡に直撃したのは間違いないはずであった。

（とはいえ、鷹は見当たらぬ）

あの鷹が死骸となって、大蛇の中に取り込まれたのであれば、もはや捜しようはないのだが……。

「もう一つ訊きたいことがあるのです。あの大蛇が現れる前、貴殿は矢を死骸の山に放たれたように見えたが……」

「矢ですと？」

二つ目の天海の問いかけに、貞衡は目を丸くした。

「さて。それがしはここへ弓矢は持参しておりませんが」

「いや、拙僧は確かに、貴殿が矢を放つところを見ましたぞ」

「しかし、それがしは……」

貞衡は困惑した様子で言い、あちこちへ目を配った。本当に天海の言う通りであれば、その弓と矢がどこかにあるはずで、半信半疑ながらも天海の言葉を確かめようとしているその態度に、不審なところはない。

だが、弓も矢もどこにもなかった。無論、天海もそのことは分かっている。

「いや、申し訳なかった。おそらく気も動転していたゆえ、ありもしないものを見ていたのであろう。あるいは、伊勢殿に弓矢を使って助けてほしいと思う気持ちが、そんな幻を見せたのかもしれませぬ」

天海が自らの非を認める言葉を吐くと、

「いや、あれはまことに恐ろしきものでございましたゆえ」

と、貞衡は納得した様子でうなずいた。

その話が一段落したところで、「失礼します」と竜晴が二人に声をかけた。

「あちらに、お侍が参っておられますが、あれは伊勢殿のご家臣ではございませんか」

天海がそちらへ目をやると、先ほど寛永寺へ貞衡の供として付き添っていた侍が立っていた。侍は貞衡の前に駆け寄り、「殿」と跪（ひざまず）いた。

貞衡は天海に目を向け、

「この者を屋敷へ戻らせ、他の家臣たちにそれがしが芝へ参ったと伝えさせておいたのです」

と、説明した。

「では、早くお帰りになった方がよろしかろう。貴殿のお帰りが遅くなれば、屋敷の方々がご心配になる」

天海の言葉に、貞衡は「そういたします」と素直に答えた。

「拙僧も寺の者に芝へ行くと申し付けてきたゆえ、早く戻った方がよいな」

独り言のように呟いた天海は、竜晴に目を向け、

「賀茂殿はいったん我が寺の方へ寄ってくださらぬか」

と、訊いた。

「分かりました。では、そういたしましょう」

竜晴が答えた後、皆の頭上でカアとカラスが鳴いた。

天海は顔を上げ、小烏丸も連れてきていたのかとひそかに納得した。気がつけば、刀に巻きついていた白蛇の姿はいつの間にやら消えていた。

それから、ほぼ一刻ほど後、人の姿になった抜丸と小烏丸を連れ、竜晴が寛永寺の庫裏を訪ねてきた。

駕籠を拾う手間のかかった竜晴に比べ、行きで使った駕籠を増上寺付近で待たせていた天海の方が先に到着している。竜晴が着いた時にはもう、天海は汚れた僧衣

も取り換え、さっぱりした装いになっていた。

「先ほどのお力添えに改めて感謝いたす」

天海は竜晴に礼を述べた。

「いえ、互いに助け合うという約束でございますし、それはかまわないのですが」

竜晴は穏やかな声で告げた後、

「私が芝へ向かったのは、すぐに行くようにと文を受け取ったからです。これは、大僧正さまの遣されたものではございませんね」

と、懐から文を取り出して、天海に見せた。

「いや、拙僧ではござらぬ。貴殿に知らせなかったことを、あちらで悔いていたくらいで」

「では、知らせを遣したのはやはり伊勢殿だったのでしょう」

竜晴はその文がどういう経緯で届けられたのかを説明した。

「鳥の影らしきものが見えた、と――？」

天海は竜晴の付喪神二柱を交互に見ながら訊いた。鳥の影を見たのは小烏丸だというが、同じ背格好をしているので一見見分けがつきにくい。

だが、よく見ると、付喪神たちは顔つきが違う。前に会ったことのある抜丸は、きれいな顔立ちに澄ました表情をしているので、天海にもそれと分かった。すると、隣のやんちゃな顔つきの少年が小烏丸ということになろう。と思っていたら、案の定、そちらの少年が口を開いた。

「そうだ。今の話で確信した。あれはおそらく、あの侍の飼っているアサマであったのだろう」

ずいぶんと偉そうな口を利く。前に抜丸がしゃべるのを聞いたことはあったが、もっと丁寧な感じで、まるで竜晴の従者のような話し方をしていたものだが……。

「大僧正さまはアサマを御覧になったことはございますか」

竜晴が続けて尋ね、「いや」と天海は答えた。それから、竜晴がアサマという鷹を見た時、そのしゃべる声を聞いたという話に、天海は驚かされた。

「そういえば、あの時も――」

天海は鷹が貞衡にぶつかったと見えた直前、「我が主よっ！」と叫ぶ何ものかの声を聞いたことを思い出し、その時のことをつぶさに竜晴に語り明かした。

「なるほど、鷹がぶつかった後、伊勢殿が弓を引き絞ったと――」

竜晴が考え込むように呟き、

「では、アサマは弓矢だったのだな」

と、小烏丸がすべて了解したという様子で言った。

「まだ、そうと決まったわけでは……」

たしなめるように抜丸が口を挟んだが、「そうに決まっている」と小烏丸は自信満々である。

「つまり、伊勢殿のもとにはそこなる付喪神たちと同じような弓矢の付喪神がおり、それは鷹の姿を持っているということか」

天海が驚きの目を竜晴に向けて問うた。

「まだ決めつけることはできませんが、今の大僧正さまのお話を照らし合わせると、その見込みも十分にあるだろうと考えられます」

「そうであったか。ならば、伊勢殿は付喪神のことをよく知っているということになる。それなのに、カラスの格好をした小烏丸の正体も見破れなかったようだし、人の姿をした抜丸も見えていないようだったが……」

「それについては、何とも言えません。そう振る舞っていたのかもしれませんし、アサマ以外の付喪神は見えないのかもしれません。いずれにしても、伊勢殿に何らかの隠し事があるのは確かなようです。今はそのことをお心に留めておけばよろしいでしょう」

「うむ。貴殿のおっしゃる通りですな」

天海がうなずくと、「ところで」と竜晴が表情を改め、話題を転じた。

「大僧正さまがお帰りになった後、先ほどの大蛇が現れた場所を調べてみたのですが、呪詛が行われた跡と見えました。無論、祓は行ってまいりましたが」

「やはり、呪詛でしたか」

天海は低い声で呟いた。そもそも、死骸の山が自然に築かれたものとは考えにくいため、呪詛の疑いは初めから天海も持っていたのである。

「前に、不忍池にたくさんの蝶が群れたというお話をしてくださいましたが、覚えておいでですか」

「無論、忘れてはおらぬ」

「蝶は死者の魂である、または黄泉の使いであるというような言われ方をします。確かめようはありませんが、蝶が現れたあの時、何ものかが芝で死骸の山を作り上げたのではないかとも考えられます」

「つまり、あの群蝶はあそこに積み上げられた多くの鳥獣の魂であった、と——」

　言うなり、天海は絶句した。改めて多くの命が奪われたことが心に迫ってきた上、事がこうなるまで、あの群蝶の指し示すものを読み解けなかったことも虚しかった。

「呪詛は何ものかの悪意によって引き起こされたわけですが、あの場所が選ばれたのには理由がありましょう」

　竜晴の言葉に、天海は無言でうなずいた。

　あの場所はそもそも江戸の裏鬼門であり、悪霊や悪鬼が寄ってきやすい下地があった。そればかりでなく、かつて芝の林で自害した女がおり、三河屋の千吉もその霊に導かれるように、そこで死のうとした。女の霊自体は竜晴が祓ってくれたものの、一連のことが呼び水となり、結界にほころびが生じていたのだろう。それを察した何ものかが、あの地に獣の死骸を積み上げて、呪詛を行い、大蛇を闇から呼び寄せた。

「何ものかの正体に、お心当たりはございませんか」

　竜晴の問いに、天海は首を横に振るしかなかった。竜晴も心当たりはなく、そもそも主謀者が人か物の怪かも分からないという。

「ただし、私は一つおぞましい推測を持っております」

竜晴がそう言い出した時、天海は顔を強張らせた。

「あの大蛇は見た目こそ恐ろしいものでしたが、完成された形を成してはいなかったと思うのです」

「完成されていない？」

「はい。つまり、あれの持つ本来の力をすべてこちら側へ持ち込めなかった、ということです。そのためには、もう一つ強い呪力を取り込む必要があった。それが、大僧正さま、あなたの力であったとしたら、どうだったでしょう」

「何と、拙僧があそこに積まれていた獣たちと、同じ運命をたどることになっていた、と――」

強い衝撃を受けて、天海は茫然と呟いた。

「さすがに大僧正さまを捕らえて、あそこに積み上げることはできないので、最後に呼び寄せることで呪詛を完成させようとしたのでしょう。お一人でお行きにならなかったのは幸いでした。ただし、伊勢殿が捕らわれていても、厄介な話にはなっていたでしょうが」

「無論、伊勢殿をさような目には遭わせられぬが……。しかし、考えていた以上に大ごとになっているという気がしてならぬ。秋には、上さまの鷹狩りも行われる予定だというに……」

「鷹狩りには、伊勢殿もご参加されるのでございましたね」

竜晴は考え込むように呟いた後、

「秋までにはまだ間がございます。それまでしっかりと準備を調えることにいたしましょう」

天海にまっすぐ目を向けて言った。

「貴殿がそう言ってくださると、心強い。何といっても、そのお力は今日目の当たりにしましたからな」

曇りのない心で、天海は言葉を返した。

三

それが行われるのは、今の季節よりも少し前、そう、梅雨に入る前の初夏のことである。

今――とは、いつのことなのだろう。我はいったい、いつの世を「今」のことだと考えているのか。

いずれにしても、昔のことだ。あれは、遠い遠い昔の初夏のこと。

その日は「祭」の日であった。京で祭といえば、賀茂祭のことである。

小烏丸――まだカラスの姿になることはできないが、すでに人の話を聞き、内容を理解できるようになっていた太刀の小烏丸は、その日、主人である平重盛に携えられ、賀茂祭に出かけたのであった。

賀茂祭の日には、勅使が上賀茂神社、下賀茂神社へ遣わされるのだが、その行列を見るのは都人たちにとって大きな楽しみとされていた。また、禊を行った斎院の行列も人気が高い。

ただし、行列のよく見える場所は取り合いになるので、権門の家では朝早くから従者たちに場所取りをさせるのがふつうであった。当日思い立って出かけて行っても、よい場所が空いていることはまずないのである。

その頃、重盛は小松殿と呼ばれている自らの屋敷を出て、西八条にある屋敷を訪れた。

ここは、重盛の父である平清盛の屋敷であり、重盛の継母とその子供たちが暮らしている。

「兄姫はまだふさぎ込んでいるのですか」

重盛は継母に尋ねた。

西八条の屋敷には清盛の娘が二人いて、姉は「兄姫」、妹は「弟姫」と呼ばれていた。いずれも重盛には異母妹に当たる。

「そうなのです。他の兄弟たちは出かけてしまったのに、兄姫だけが行かないと言って……」

このようなことで呼び立てて申し訳ありません、と継母は重盛に謝った。

「気になさらないでください。むしろ頼ってくださり、嬉しく思います」

重盛は礼儀正しく答え、妹の部屋へ向かった。気乗りがしないため出かけなかったという兄姫は、部屋に一人で座り込んでいた。その姿は寂しそうであったが、重盛を見るなり、兄姫の顔は、蕾が一瞬で開花したように明るく輝いた。

「小松の兄上さま、今日はどうして？」

「そなたを祭見物に連れ出しに来た」

「でも、もう皆、出かけてしまって……」

兄姫はきまり悪そうにうつむいた。

「わたくしが行かないと言ったんです。今からでは追いつけないし、車を停めている場所も聞いていません」

「かまわない」

重盛は静かな声で告げた。

「皆を追いかけるのは無理だ。今日は私と見物しよう」

その言葉に兄姫がはっと顔を上げる。ほのかに赤らんだ頬は思いがけない喜びに染まっていた。

「私と二人だけでは嫌か？」

「そんなことはありません。むしろ、わたくしは嬉しゅうございます」

今日は兄上さまを独り占めできるのですもの――笑顔の中に寂しさと切なさを交えて、兄姫は言った。

やがて、重盛と兄姫は一緒に牛車に乗って出かけた。

牛車は行列が出る大路に到着したが、すでに多くの牛車が場所を占めていて、とても割り込んでいける隙間などはない。

「『源氏物語』では賀茂祭で光源氏の姿を見ようと、葵の上と六条御息所の牛車が場所を争うのですよね」

兄姫がそんなことを呟くのを、重盛はほのかな微笑を浮かべながら聞いていた。

その話は、光源氏の正妻である葵の上の一行が、すでに見物の車が埋まった場所にやって来るのだが、先に場所取りをしていた六条御息所のお忍びの車を強引に退かせて、彼女の憎しみを買うという有名な場面であった。

葵の上の一行が強引なことをしてのけたのは、従者たちが左大臣家の威風を吹かせてのことである。

「今日のわたくしたちは葵の上の一行と同じね。でも、たとえ勅使や斎院の行列が見られなくても、わたくしはぜんぜんかまわないわ」

と、兄姫は重盛の顔を見つめながら言った。兄と一緒に二人だけで外出できたということこそに、仕合せを感じているような物言いであった。

「そなたには最もよく見える場所で、行列を見せてやる」

揺るぎない重盛の物言いに、兄姫はほんの少し表情を曇らせた。

「まさか、葵の上の一行と同じようなことを、兄上さまはなさいませんよね」

二人の父である清盛はすでに太政大臣（だじょうだいじん）となり、今は出家して隠居の身であった。二人は、物語の葵の上より上の立場と言っていい。ならば、二人の従者たちが葵の上の従者と同じことをしても、人は面と向かっては何も言えぬはずであった。

もちろん、世間の非難は買うだろうし、重盛の評判は地に落ちるだろう。兄姫はそのことを心配していた。

重盛は微笑むだけで何も答えなかった。兄姫の不安顔はますます募っていく。

「ご用意していた牛車を退かすまで、しばらくお待ちください」

やがて、外の従者が重盛に声をかけてきた。

「えっ、用意って？」

兄姫が驚きの声を上げる。

「空の牛車を先に行かせておいた」

「前もって場所取りをしてあったのですか。では、兄上さまはどなたかとお出かけになるつもりで？」

「特にそこまで考えていたわけではない」

と言っただけで、重盛はそれ以上は語らなかった。

もともと、誰かと出かけるつもりだったのか、妻子や弟妹たちが行きたいと言った時のために用意しておいたのか、はたまた兄姫が一人居残りをすることまで予測していたのか。はっきりしたことは小烏丸にも分からなかった。

ただ、重盛がとても用意周到で、あらゆる事態に備えて行動できる慎重な人柄だということは、この時の手際のよさで明らかだった。重盛が用意した場所は、行列が目の前に見える席で、

「見て、兄上さま。勅使の方が冠に飾っている葵の葉まではっきりと見えるわ」

兄姫は晴れやかな声を上げた。

賀茂祭では、勅使や斎院、付き従う人々が賀茂神社に生えている葵の葉を、冠や髪に飾る。また、行列で使われる牛車も、葵の葉で飾り立てられていた。

「すばらしいわ。瑞々(みずみず)しい葵の葉が行列の皆さまを輝かせていて……」

「では、そなたも葵の葉で飾ってみるか」

重盛は袖の中から葵の葉を取り出してみせた。瑞々しい葉が二枚、対になってお

り、紫色の風変わりな形の花もついている。

「まあ」

兄姫は行列を間近に見た時よりも、嬉しげな声を上げた。重盛の手から二葉葵を受け取り、じっと見つめている。いつまでもその格好のまま動かないので、

「私が飾ってやろう」

と、重盛が葵の葉に手を伸ばした。すると、兄姫は黙って首を横に振った。

「葵は、歌では『逢ふ日』と詠まれるのですよね。今日はきっと、大勢の殿方がこの葉に歌をつけて、恋しい人に贈るのだわ」

兄姫はうつむいたまま、顔も上げずに呟いた。その横顔にはもう輝くような笑みは浮かんでいなかった。

「そうだろうな」

「恋しい人からそんなふうにされたら、どんなに嬉しいでしょう。でも、わたくしはそんな喜びを知りません」

「いずれ、そなたも背の君に逢う日が来る」

重盛は断固とした口ぶりで告げた。

「父上さまや兄上さまの……お決めになったお方でございますよね」

兄姫の声が暗く沈み込んだようになる。

「太政大臣の娘が、物語のような恋をできると思っていたのか」

心なしか冷たい声で、重盛は言った。突き放すような物言いに聞こえなくもなかった。

「父上がそなたにお望みになっていることが何か、分かっているな」

「はい。それに対して、否とお答えできないことも」

兄姫は不意に顔を上げると、まっすぐ重盛を見つめてきた。これまで兄姫が見せたことのない、燃えるような瞳であった。

「でも、わたくしがお逢いしたいと思うのは――」

重盛の目に強い光が宿った。それは兄姫を怯(ひる)ませるほどの厳しいものであった。

兄姫は重盛と目を合わせていることが耐えきれぬというように、両手で顔を覆ってしまった。同時に肩が小刻みに震え出し、声を潜めて兄姫は静かに泣いた。

「心には下行く水の……」

ややあってから、懸命に涙をこらえた兄姫が消え入りそうな声で呟いた。

それは、一首の和歌であった。

心には下行く水のわきかへり　言はで思ふぞ言ふにまされる

当時、歌を学んだ者であれば、誰でも知っているような歌であった。

──私の心には、ひそかにあなたを想う気持ちが湧き水のようにあふれています。口に出さずにあなたを想う私の気持ちは、口に出すよりずっと勝っているの。

重盛はそれに対して何も言わなかった。

「……兄上さまのおっしゃる通りにいたします」

ややあって、すっかり涙を拭いた兄姫は告げた。笑顔でもなければ、行列を見ていた時の明るい表情でもない。といって、憂いに沈んだ暗い顔というのではなく、悲しみやつらさを呑み込んで、それを表情の下に隠すことを覚えた女の顔であった。

「でも、忘れないでください。わたくしが従うのは、他ならぬ兄上さまのお言葉だからだということを」

「生涯、忘れまい」

と、重盛は落ち着いた声で答えた。その目にもはや厳しい色は浮かんでいなかった。

「わたくしの名をお聞きになっていらっしゃいますよね」

兄姫が訊いた。

娘は成人すると、名を与えられる。通常、夫を迎える直前などに、裳着(もぎ)、髪上(かみあ)げと呼ばれる成人の儀を行い、名も付けられるものであった。

「一度だけでけっこうですから、呼んでください。わたくしの名を」

「ああ、徳子(のりこ)――」

重盛の声がかすかにかすれる。

長い黒髪が豊かに揺れた。その上に二葉葵の葉が艶やかに散った……。

四

なぜこんなにも苦しいのだ。まるで息ができないような――。

「うわあっ」

と、声を放って目を覚ました小烏丸が最初に見たのは、自らの首に巻き付いている白蛇の姿であった。

「うわ、わ、わ」

羽をばたつかせて暴れ回ると、ようやく抜丸は離れて行った。

気がつくと、そこは竜晴の部屋であった。怪我が治ってからの小烏丸は、それまでと同じように、夜は竜晴の部屋で抜丸と一緒に休んでいる。

すでに夜は明けており、竜晴も身支度を整えていた。

「何をするんだ」

小烏丸は抜丸に声を荒らげた。

「恩知らずのカラスめ。私はお前を助けてやったのではないか」

抜丸が威張りくさった物言いで言い返してくる。

「何だと、お前が我にしたのは嫌がらせだろう」

「お前はうなされていたのだ」

抜丸の言葉など鵜呑みにできぬと、そっぽを向いた小烏丸は竜晴の目とぶつかり、わずかにたじろいだ。

「お前がうなされていたのは本当だ。悪い夢でも見たのか」

「悪い……夢？」

夢を見ていたのは確かだ。何かこう、心のいちばん奥が揺さぶられるような——。

しかし、それがどんな夢だったのかは、いくら思い出そうとしても思い出すことはできなかった。

「まさか、この神社に獏が現れたのではないか」

小烏丸はふと思いついて言った。見たことはなかったが、悪い夢を食べてくれるという獏のことは小烏丸も知っている。だが、その考えは、竜晴によってあっさり否定された。

「獏が悪い夢を食べてくれたなら、むしろありがたいところだが、うなされていたお前を助けたのは獏ではなく抜丸だ。お前が覚えていないのは、失くした記憶に関わるからなのだろう」

「失くした記憶か……」

小烏丸は茫然と呟く。

「我はうなされている時、何か言っていなかったか」

竜晴と抜丸を交互に見ると、竜晴が改めて口を開いた。

「はっきり聞こえたわけではないが、『賀茂』と言っていたな。後は、名前までは聞き取れなかったが、『姫』という言葉が聞こえた」

賀茂といえば竜晴の氏だが、たぶんそのことではないという確信はあった。小烏丸が賀茂氏と関わりを持ったのは記憶を失くした後、つまり付喪神になってからのことだ。夢が、失くした記憶と関わるならば……。

「賀茂祭……」

その言葉は唐突に、小烏丸の口をついて出た。

「思い出したのか」

竜晴が表情を変えた。

「あ、いや、記憶も夢も思い出せない。でも、なぜかその言葉が頭に浮かんだ。竜晴、賀茂祭のことを教えてくれ。あれは今もやっているのか」

「いや、あれは二百年ほど前から行われていない。戦乱の世になったからな」

竜晴は答えた。とすれば、どんな祭なのか、竜晴に訊いても分からないのだろう。小烏丸がそう考えていると、

「もしかしたら、お前は元のご主人の誰かに連れられて、賀茂祭に出かけたことがあったのではないか」

不意に、竜晴が言い出した。

「あの祭では、行列の人や牛車に葵の葉を飾る習いだったと聞く。梅雨葵ではなく、二葉葵の方だが……。葵の話を耳にするようになって、お前の眠っている記憶が夢を見せたのかもしれぬ」

「遠い昔に我の主人であった人について、前に竜晴が教えてくれたな」

ふと、小烏丸は呟いた。くわしく聞いたところで意味はないとあきらめ、これまでは熱心に問いかけもしてこなかったが……。

「ああ、前にお前は『しだいさま』と口にしたそうだ。四代と呼ばれていたのが平重盛公だということまでは、抜丸の言葉で分かっている」

「もし、その人が『姫』と呼ぶとしたら、誰のことだろう」

小烏丸が呟くように言うと、「それは抜丸が知っているのではないか」と竜晴が抜丸に目を向けた。

抜丸は鎌首をもたげると、するすると進み出てきた。

「小烏丸、お前は御一門の嫡流に手渡されてきた太刀だ」

と、抜丸はまず告げた。

「だから、相国さま（清盛）から小松の大臣と呼ばれた重盛公へ渡された。片や、私は相国さまの弟君である頼盛公の手に渡ったから、重盛公のことはよく知らない。けれど、重盛公には『姫』と呼ぶような娘はいなかったんじゃないかと思う。いれば、御一門の方々の口から、入内のお話が出ていたと思うんだ」

抜丸の言葉に、小烏丸が内心がっかりしていると、

「自分の娘でなくても、姫と呼ぶことはあるだろう。たとえば、妹ならどうだ？」

と、竜晴が抜丸に尋ねた。

「そうですね。妹君なら、大勢いらっしゃったと思いますが」

と、抜丸は竜晴相手に、言葉遣いも改めて語り出す。

「相国さまには大勢の娘がいらっしゃって、皆さま、『姫』と呼ばれるお立場だったと思います。でも、ご嫡男の重盛公が『姫』と呼んだのなら、やはり北の方（正妻）がお産みになった姫君ではないでしょうか。お二方いらっしゃって……そうそう、御一門の方々は姉を『兄姫』、妹を『弟姫』と呼んでいらっしゃいました。御

一門の中では、兄姫、弟姫といえばその方々を指したので、名前は存じませんが」

「清盛公の娘は数が多く、母親がはっきりしない人もいるんだ。しかし、抜丸が言うなら、清盛公の正妻には娘が二人いたんだろう。そのうちの一人はよく知られた人だ」

竜晴が小烏丸に目を転じた。小烏丸はすがるような目を竜晴に向けた。

「建礼門院と呼ばれたお方だ。安徳天皇の母君で、名は徳子という」

言葉は小烏丸の心の奥深いところまで届いた。何を思い出したというわけではないが、その人が失われた記憶の中に存在するということだけは確かな気がする。

「私はお顔は存じませんが、御一門に栄華をもたらされたいちばんの功労者でした。確か、建礼門院さまは入内なさる前、皆さまから『兄姫』と呼ばれていたと思います」

抜丸が竜晴の言葉をさらに補って告げた。

「兄姫……か」

小烏丸は呟いた。

「そういえば、重盛公には賀茂祭の逸話がある。賀茂祭を見ようと重盛公が一条大路に出かけたところ、見物場所は牛車で埋まっていた。当時の重盛公は威勢があったので、一体、どの車が強引に退かせられるのかと、皆は戦々恐々としていたそうだ。すると、引き出しやすい場所の四、五台の牛車が平家の従者によって退けられた。しかし、その中には誰も乗っていなかったのだ」

「どういうことだ？」

「つまり、重盛公は前もって、空の牛車を用意し、場所取りをさせていたのだ。その結果、誰も退かせられることなく、嫌な思いをすることもなかった」

「重盛公は思いやりがある上、頭の回る方だと評判でした」

と、抜丸が口を添える。

「そうか」

小烏丸は先ほどより明るい声で呟いた。なぜか心が晴れ晴れとし、誇らしい気持ちであった。

花枝と大輔の姉弟に加え、泰山とおきいがそろって小烏神社へやって来たのは、その日の昼過ぎのことであった。

竜晴がおきいに憑いた霊を祓ってから、五日が経っている。一行は玄関ではなく庭へやって来て、縁側に立つ竜晴と対面した。

大輔はどういうつもりか、梅雨葵の鉢を一つ抱えており、それは薄紅色の花を咲かせていた。

「おきいさんが元気になったというので、まず私のところへ挨拶に来られてね。私が付き添って花枝殿のお宅へ伺ったのだ」

と、泰山が初めに口を開いた。

「竜晴先生には本当にお世話をおかけしました。竜晴先生に治していただく前のこと、あたしはよく覚えてないんですけど」

おきいが少しはにかみながら、竜晴に頭を下げた。

「こいつ、俺と言い争った時のことも、何にも覚えてなかったんだぜ」

大輔が横から口を挟み、おきいにあきれたような目を向ける。

「その頃はもう、憑いた霊の力が強くなり、おきいさんを支配していたからだろう」

竜晴が説明した。

「ところどころ覚えてることもあるんです。でも、ぼうっとして頭が重くなった後のことは、ちっとも分からなくて」

と言いながらも、おきいはさほどそのことを気にしているふうでもなく、あっけらかんとしていた。

「俺、言ってやりたいことがいろいろあったんだけど、こいつがこういうふうだからさ」

大輔は口を尖らせているが、物言いはさばさばしたものであった。

「大輔殿はそれでよいと思えるのか」

竜晴が尋ねると、

「だって、覚えてねえ奴に何言ったって、意味ないだろ」

と、大輔は仕方なさそうに言った。

「そう思うのなら、もういつまでもうじうじ言わないの」

花枝が大輔を肘で小突いて言った。

「おきいさまには、もう十分お礼も謝罪もしていただきました。だから、これまでのことはいいんです。それより、大輔」

花枝が促すと、大輔は両手に抱えていた鉢を竜晴に差し出した。

「これ、姉ちゃんと俺から。この庭のどっかに植えてくれないかなあ」

「この庭に？」

「泰山先生からお聞きした話では、元は薬として使われていたものだとか。今は眺めて楽しむ花と知られていて、うちでもそうなのですが、こちらの神社にそういう花があってもいいかと思いまして」

花枝が言い添えた。

「それはありがたい話だが……」

「ああ、世話の方は私が薬草と一緒にするから心配するな。それに、花枝殿と大輔殿もしょっちゅう様子を見に来てくださるそうだぞ」

「そういうことなら、ありがたくいただきましょう」

竜晴は顔をほころばせて、大輔から鉢を受け取った。その顔を見上げた大輔がぽかんとしている。

「ん？　どうしたのだ、大輔殿」

「い、いや。竜晴さまって、今みたいに笑う人だったっけ、と思って」

「私だって笑うことくらいはある」

「いやいや、ふつうの人に比べたら、ぜんぜん笑わない方でしょ。笑わないだけじゃなくて、泣いたり怒ったりもしないけどさ」

大輔がしたり顔で首を横に振った。

「確かに、喜怒哀楽を見せることが乏しいのは事実だな。とはいえ、近頃は前に比べれば、そうした心の動きを表に見せるようになった方だ。それにしたって、乏しいものではあるが……」

泰山が大輔の言葉に言い添えた。

「ですが、宮司さまがほんの少しお笑いになってくださるだけでも、周りの者たちは仕合せな心地になれますわ」

自分がいちばん仕合せだというような眼差しを竜晴に注ぎながら、花枝が言う。

そんな中、

「あのう、竜晴先生」

おきいが恥ずかしそうに進み出て、再び竜晴に頭を下げた。

「あたし、何となくだけど、花枝お姉さまがこちらにお届けしていたお花、踏みつぶしたこと覚えています。それに、一回はお花を横取りして、自分が持ってきたみたいに言ったことも。本当にごめんなさい」

「私に謝る必要はありません。花枝殿と大輔殿がいいと言ってくれたのなら、それでいいでしょう」

竜晴が穏やかな声で答えると、おきいはほっと安心した表情になった。それから、花枝の方を向き直ると、

「それじゃあ、花枝お姉さまももう打ち明けてくださいな」

と、明るい声で言う。

「そうだよ。もういい加減、教えてくれたっていいだろ。神社へ七日間同じものをお供えして、願掛けするっていうおまじない。姉ちゃんは何をお願いしてたのさ」

大輔がおきいと初めて意気投合して言い募る。

「ああ。例のおまじないか。そういえば、願い事は叶ったというお話でしたが」

泰山が興味深そうな目を花枝に向けて訊いた。

「宮司さまがお世話していたカラスが無事に飛び立てますようにって、願掛けしていたのですわ」

花枝は澄ました顔で答えた。

「ええっ、それじゃあ、竜晴さまと関わりないじゃん。関わりあるから、竜晴さまに内緒にしてたんだろ？」

大輔が口を尖らせて訊き返した。

「何を言うの。関わっておられるじゃありませんか。カラスはこの小烏神社の守り神、そして、竜晴さまはこの神社の宮司さまなのよ」

花枝は大真面目に答えた。すると、庭木の上の方から、カアと鳴く声が降ってきた。

「お、あそこにカラスがいるぞ」

泰山が梢を見上げて呟いた。

「もしや、あのカラスがここを懐かしがって、戻って来たのじゃないか」

あのカラスに名前を付けてやればよかったなあ、とのんきな調子で続けて言う。

それらの会話はすべて樹上の小烏丸にも、縁の下で身を潜めている抜丸にも聞こえていた。

「医者先生に付けてもらうまでもなく、我には由緒ある名前がある」

と、小烏丸は木の上から言い返した。人の耳には、カラスが立て続けに鳴いているると聞こえているだろう。

「それにしても、あの娘。なかなか見どころがあるぞ」

と、小烏丸は花枝を見下ろしながら言った。

「竜晴にまとわりついて、小うるさい娘だと思ってきたが、これからは歓迎してやろうではないか」

小烏丸は羽をばたつかせながら、人々の頭上でカアと鳴いた。

【引用和歌】

梨棗黍に粟つぎ延ふ葛の　後も逢はむと葵花咲く（作者未詳『万葉集』）

瀬をはやみ岩にせかるる滝川の　われても末に逢はむとぞ思ふ（崇徳院『詞花和歌集』）

心には下行く水のわきかへり　言はで思ふぞ言ふにまされる（作者未詳『古今六帖』）

【参考文献】

寺島良安編『和漢三才図会』より巻九十四（中近堂）

梶原正昭・山下宏明校注『平家物語』㈠〜㈣（岩波文庫）

浅見和彦校注・訳『新編　日本古典文学全集51　十訓抄』（小学館）

武田明編『伊予の民話』（未来社）

麻生芳伸編『落語百選　春』（ちくま文庫）

この作品は書き下ろしです。

梅雨葵（つゆあおい）

小烏神社奇譚（こがらすじんじゃきたん）

篠綾子（しのあやこ）

令和2年12月10日　初版発行

発行人――石原正康
編集人――高部真人
発行所――株式会社幻冬舎
〒151-0051東京都渋谷区千駄ヶ谷4-9-7
電話　03(5411)6222(営業)
03(5411)6211(編集)
振替00120-8-767643
印刷・製本―図書印刷株式会社
装丁者――高橋雅之

幻冬舎時代小説文庫

ISBN978-4-344-43044-0　C0193　し-45-2

幻冬舎ホームページアドレス　https://www.gentosha.co.jp/
この本に関するご意見・ご感想をメールでお寄せいただく場合は、comment@gentosha.co.jpまで。